后记：无尽意

诗心便是童心，
率真如道一样，
哭笑都是本真。
我把我的心，
像剥洋葱一样
层层剥开，
你认识我，
也让我认识你，
虽然，
当时我们都会流泪
会流泪就对了，
说明心还是热的，
人还是活的，
我的诗
不是江水 是眼泪……

妙华

2018 年 3 月 9 日

晾在天边的云朵

张西平 著

文化藝術出版社
Culture and Art Publishing House

图书在版编目（CIP）数据

晾在天边的云朵 / 张西平著. -- 北京 : 文化艺术出版社, 2018.5
ISBN 978-7-5039-6481-7

Ⅰ.①晾… Ⅱ.①张… Ⅲ.①诗集－中国－当代
Ⅳ.①I227

中国版本图书馆CIP数据核字(2018)第059715号

晾在天边的云朵

著　　者　张西平
责任编辑　吴士新
书籍设计　丁智睿
出版发行　文化艺术出版社
地　　址　北京市东城区东四八条52号　（100700）
网　　址　www.caaph.com
电子邮箱　s@caaph.com
电　　话　（010）84057666（总编室）84057667（办公室）
　　　　　（010）84057696—84057699（发行部）
传　　真　（010）84057660（总编室）84057670（办公室）
　　　　　（010）84057690（发行部）
经　　销　新华书店
印　　刷　国英印务有限公司
版　　次　2018年6月第1版
印　　次　2018年6月第1次印刷
印　　张　8.5
字　　数　50千字
开　　本　880 毫米 × 1230 毫米　1/32
书　　号　ISBN 978-7-5039-6481-7
定　　价　58.00元

目　录

云游的诗（代序）

一

像蒲公英一样
在早春，就用
金黄的心
迎接草长
莺飞
入秋，便像
梦一样飞走
没有谁知道他来过
他还来
无论大江南北

二

云水的视野
被汗水打湿
所以，诗在心中发芽
总是
在乍暖还寒的时节
将新绿与珠泪挂在枝头
像柳条报春
心泉，在雨后汩汩流淌
从山岩的缝隙中
流出
不为什么
只是清澈如童心

三

把富贵看成浮云
于是，云淡风轻
千年一瞬
如流星从天空闪过
只为打开你的心门
或者，让你的心地只有早春
记不住我的名字没关系
只要你的心湖荡起涟漪

2018 年 3 月 9 日

用三 D 眼睛打印地球

从东往西追赶落日
想起昔日夸父
夸父没有追上
每小时八百公里
也没法抓住桔子般的落日

风筝一般的飞机
拉着地球旋转
一半黄蓝底上白云如莲
一半黑灰底上繁星点点
天壤之别，天地悬隔
阴阳确定有一条线

天上看不见雾霾
也没有人世的噪杂
十多个小时在空中
从北京到英格兰
三百人一起闭关

一夕之梦九千里
波罗的海也只巴掌大
用三 D 眼睛打印地球
学学神仙看看人间

西求的唐僧八十一难

东传的鉴真六次扬帆
大鹏展翅九万里
背负青天
而今取经这么容易
是离实相越来越近
还是越来越远?

2015 年 11 月 10 日下午 9 时于飞机上记事

和尚无时差

从北京到伦敦
总听到有人说倒时差

时差是什么
是习惯还是心有所住
和尚无时差

所有的机场与街道
大同小异，形影匆匆
有什么时差

咖啡、地铁与上下车
听不懂伦敦话
和尚无时差

爱情与财富
低头看手机抬头打电话
有什么时差

扁平互联网
光棍狂购日
谁人有时差

纽卡斯尔五时醒
三人写诗又品茶
道人无时差

2015 年 11 月 11 日于纽卡斯尔市万豪酒店

英格兰印象

田园牧歌式的英格兰
是上天赐于的天然草场
邂逅的微风细雨
如同小镇邂逅的人
微笑总是拂在心上

虽然戴着礼帽的贵族
拄着文明杖的绅士远去
影子却留在地上

如城堡如教堂如街市

将读书思考发明创造

人与自然圆融的

西牛贺洲的小岛上

真的无语

教堂城堡牛羊都在草地上

浪漫的诗人如拜伦
教人读书的培根
还有蒸气机与马克斯
名字都写在米旗上

2015 年 11 月 13 日

伦敦有点冷

吹着口哨的风
如子弹啸声而过
草地上狂逃的树叶
如四散的人群
半冷半热的地球
没有恒温的中心
我在这关口
来参观塔桥与塔城
我不知道什么时候
风声雨声枪炮声
在伦敦响起
向亲友报声平安吧
只说，伦敦有点冷

注：巴黎十三日发生爆炸案死去 128 人，伦敦一级戒备
2015 年 11 月 16 日

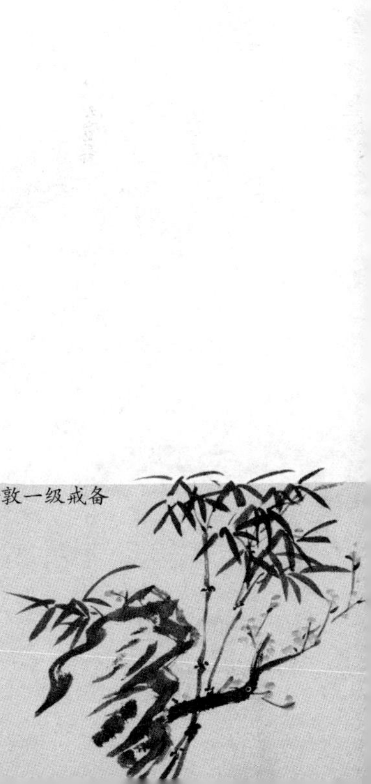

叹息桥

女王走过这桥
叹息什么
叹息城堡的阴森
以及幽灵般的心地

学生走过这桥
叹息什么
叹息博士帽
以及一张纸的压力

我今天走过这桥
也一声叹息
这如梦的人生
何时才能找回自己

2015 年 11 月 14 日

苹果飞上天

苹果掉下来
诞生了一个牛顿
如果我说苹果飞上去
是否悟透了佛法

层次不同

角度不同

一个在菩提树下

一个在苹果树下

2015 年 11 月 14 日在剑桥三一学院看到人们与苹果树合影

读康桥

风流倜傥的诗人

真的太会写了

一句“轻轻的我走了

亦如我轻轻的来

我挥挥衣袖

不带走一片云彩”

把诗写在女王的脸上

刻在剑桥的心上

其实，只要有光

就会有影

伫立康桥

徐志摩如风吹拂

每个人的脸庞

2015 年 11 月 16 日

教堂是心里的绿地

在我的记忆中
尖尖的教堂
只会孤独的站在
城市的角落里
没有想到在英格兰
她却决定了城市的地位
并占领了城市的中心
是立体的艺术
是凝固的思想
是历史的记忆
思想与艺术纠缠在一起
宗教与科学纠缠在一起
读不懂欧洲
其实是没有资格踩上绿草地

注：在伦敦的院校，只有老教授可以踩着绿草地行走

2015 年 11 月 17 日

学校里的教堂

细雨把绿草点亮
在中世纪的城堡中
是牛津大学的教堂里

我闭目听赞歌
心声如温暖的灯光。

今晚我要把心眼打开
让心灵亮着不睡
虽然没有风
海浪还是冲出眼眶。

僧袍裹不住灵魂的自由
心锁也锁不住美的向往
别打扰，让我再静听赞歌
在此岸与彼岸之间找到桥梁

2015 年 11 月 16 日写于牛津大学

茶的性格

茶的性格就是海拔的高度
远离烟火气才会有凛冽的醇香

不能与烟酒财气为伍
任何习气都会影响她的芬芳

存茶要如存心一样小心

品茶人要学习品人
也要学会自省其心

善护其心人才有味
善用其心事业有根

虽然茶有千种万种
品茶品人全凭禅心

2015 年 11 月 8 日

伦敦落日早

刚四点就天黑了
“日不落”有点吹
牛毛秋雨一日 N 次
只要天上有云

太阳照临绝对是上帝的恩赐
雨衣风衣不能离身
林立的教堂庄严的城堡
模仿的凯旋门将人记忆搞混

堵车是城市人的共业
在拥堵中学会“降伏其心”

牛津的叹息桥又叫奈何桥
长叹一声住在城中的人

一次次旅泊一次次反省
山居洞栖才能安顿“我的那个神”

2015 年 11 月 18 日住在伦敦四星酒店想起静谧洗心寺，记之

大英博物馆

好像全世界的宝贝都藏在这儿
眼酸腿软还是没有看完你的世界

无穷的创造力是理性还是神性
惊叹美轮美奂的刀法、造型与色彩

可惜有新生、有毁灭、有掠夺，还有盗窃
身首两处的人神还有没有血液

喝着拿铁咖啡望着天网般的穹顶
大英博物馆的前世今生让人无解

2015 年 11 月 19 日于伦敦皇冠酒店

白金汉宫观感

“风可以进
雨可以进
女王不能进”
这叩人心扉的诗句
出自哪位诗人
财产的私有
人的尊严

全写进诗里
像山巍巍
像水迢迢
像树有根
我终于明白：
你的风度
因为安心

“风可以进
雨可以进
女王不能进”
我多想活在这首诗里
有一间漏风漏雨的小屋
与朋友一起读书
与朋友一起论道
高声朗诵雪莱、济慈
或者莎翁的诗：
风可以进
雨可以进
女王不能进

2015 年 11 月 19 日接受《英中时报》在大英博物馆采访

金庸的绿草地

以为你活在武侠里
你的小说如山花
烂漫了一个世纪
在剑桥看到你的石碑
你有资格踩过绿草地
才知道英格兰
以及剑桥的绿草地很多
唯有金庸的绿草地
格外有志气

2015 年 11 月 14 日

石莲花

无叶无茎亦无花，石隙屋脊叠宝塔；
旱涝霜雪千年翠，自生自灭谁识她！

赞美冬天

当秋风撕去春夏的包装
那种通透与坦荡

让人天高气爽

我想歌唱

当霜雪考验了金秋的成色

那种真实与本色

让人清醒

我想歌唱

刺玫花曾经蓬蓬勃勃占领了春天

香气灌满了众人心田

凌霄花曾经爆红整个夏天

满目都是她的灿烂

当霜雪降临

我想歌唱

终于迎来冬天

2015 年 12 月 2 日

讲太极图纪念

太阳是圆的

月亮是圆的

地球是圆的

“道”也是圆的

一滴露

一朵花

都是圆的

小到微尘

大至三千

都是圆的

看圆

想圆

行圆

随圆

圆满人生

就在目前

2015 年 11 月 28 日与颜爱民教授探讨周敦颐的《太极图说》

心情

迎着黑夜

就会遇到光明

从伦敦到北京

鸟瞰片片繁星

时空被压缩

又被拉长

穿过黑暗的八个时区

全在心境

回家的心情

落地的感觉

伦敦——北京

从西到东

阴阳两半

截然不同

2015 年 11 月 20 在飞机上

圣母玛利亚

在牛津肃穆庄严的教堂
我看见你
用母爱怀抱着婴儿
心镜中映现出
洗心寺的送子观音
从东方到西方
距离多远
我不知道
从寺院到教堂
墙有多高
我不知道
我只知道
爱，可以有不同的形象
但没有距离

2015 年 12 月 3 日

致癌友

如果生活的重担
将你压垮
你想到死
连死都不惧怕

你要转念

死都不怕

还怕活吗

生活只是一场戏

演技太差

就当观众吧

看她们粉墨登场

看他们出相入将

生活只是一场戏

曲散人终时

死活都一样

你死都不怕

还怕活吗

2015 年 2 月 6 日

在濂溪书院读《爱莲说》

周子爱莲花

或者爱濂溪

不是将莲花贴在墙上

不是站在溪畔欣赏

每到一处

自己开渠

自己种植

花在泥中就会年年开

有源之水就会淙淙淌

中通外直

不蔓不枝

香清越远

跨过时空越过生死

淡忘权贵沉淀功名

当下可以欣赏

与周子相比

如今的官僚

太虚妄太肮脏

目光太短尾巴太长

与莲花相比

如今的官商

太没品位

太没思想

让人追问当初的源序

让人怀疑今天的权掌

从周敦颐到濂溪书院

从濂溪到爱莲说

一个大大的感叹号

如重拳击在人心上

又如一个大大的问号

写在雾霾笼罩的天空上

2015 年 12 月 8 日拜谒汝城濂溪书院，听何志军院长讲解

这是一种福分

做梦也想不到
在罗霄山余脉
山间盆地
有这样一块福地：
冬雨空濛
绿山四合
云浮霞蔚
裸浴的山民
在缭绕热气中
天人合一

这是一条福河
九十六度喷腾的热泉
杀猪宰羊
烫菜煮蛋
热水镇一幅水墨安然
这是一种福分
需千年去修
万年去珍惜
只要少一些贪欲
大自然就美意延年

2015 年 12 月 7 日于汝城热水镇

舞台一直空着

宇宙的舞台
始终空着
万物在其中舞蹈
有人说是自舞
有人说有编导

露珠悄然滑落
不是风之过
花瓣纷纷谢了
不是雨之过
没有风雨又怎样
它们依然会落

烟消云散不仅是人事
还有梦里佛事
主角配角编导
都是花露
都会谢落
以此，我悟到
千千万万大大小小的舞台
始终空着

梦中我对我说
孩子，不累就继续演
累了，就歇着

反正舞台始终空着

2015 年 12 月 19 日佛门记事

写给生日

当血红色的海洋
激情澎湃时
懵懂的少年
像贝壳那样沉在海底
从那时就学会
同情别人隐忍自己

父辈说：
唯有读书高
艺多不压身
于是，十几年在书中
寻找自己
从那时就学会
了解社会恪守自己

当权力、金钱与欲望
如网一样结在一起
我却站在山门口
用素书素食安顿生命

于是，三十年
孤单，在江湖上
无立锥之地，
酷暑用佛法
给自己降温
秋冬用禅法温暖自己
在寂寞与磨难中
体悟智慧与慈悲
以及弘法的苦辛

松竹并不是不落叶
它只是悄悄消解自己
骨节已经开始着响
容颜已经开始衰退
找个角落就好
一杯清茶
一本闲书
在没有妄想中
湮灭自己

2015 年 12 月 20 日生日快到了，写给自己

在梦里照见自己

像在五台山
明月池里看前生

爬在梦的井口
我照见破碎的自己
结痂的伤疤
再次揭开
没有痛也没有血
隐藏的欲望
如变形金刚
场景再现
满足的风光
让人留恋难忘
神交圣贤
拷贝他们的思想
不必咬文嚼字
露水滴在花蕊上

于是，我不再忽略梦
你也不要忽略
梦里前生
梦中自己
并不虚诳
就像在五台山
明月寺明月池
照见自己一样

2015 年 12 月 21 日

蝉鸣清秋

露重飞难进
风多响易沉
无人信高洁
谁予表寸心

这是谁抑郁的清唱？
这是谁秋蝉般的哀伤？

万里霜露
过滤了五色五音
蝉鸣高枝
这是多么成熟的光亮！

如果，众鸟聒噪
如果，群虫交响
蝉鸣高枝的音质音色
哪里有这么悠扬！

天生丽质勿须装扮
天籁之音不用合成音响
清秋一曲蝉鸣
知音就在身旁

2015 年 12 月 25 日

给友人的诗信

误将彩虹当成桥路
误将彩云当作华盖
二十年像旋风一样
天边空雷当成豪迈

木头才会随潮起伏
而磐石不会
云才会随风东西
而树不会

被人剥夺自由叫关闭
情愿住山住洞叫闭关
前者叫受罪
后者叫修仙

看着前后左右在大潮中倒下
庆幸自己早年追求自在出家
躺在地上不存在倒下
放下的不存在要放下
老子的一句话
你二十年才会明白
佛陀的一句法语
你一生才能省悟

注：不忍友人自找苦吃，曾就其做人做事风格骂在脸上，当面指出，
无奈江山易改，本性难移
2015 年 12 月 29 日

摸顶祈福

在钟鼓齐鸣的梵呗声中
我给你摸顶
不仅仅是仪式
是因为你心中那一盏
经历了春夏秋冬
人生凄风苦雨后
依然没有泯灭的莲花灯
我为你加油
并祈祷佛菩萨助力
清贫的和尚
已在佛前忏悔
真的帮不到你什么
但能体会你
过去一年的不易
深深的合掌
一句祝福
一下轻拂
佛菩萨用我的手
传递对你

新的一年的无尽祝福：

扎西德勒

吉祥如意

2016 年 1 月 1 日零点

新年为友人题莲花

周子所居亲开渠，

爱莲友莲莲为师。

为官盘缠无百文，

濂溪清清清几许！

2016 年 1 月 3 日

照见

照见世界

如镜子一样

而不要看见世界

看见

你的心便参与了

更何况

因你的参与

把世界搞复杂了

把自心也扰乱了

保持沉默

保持静止

照见比看见

要真

这是心法

但愿你是知音

2016 年 1 月 3 日洗心禅寺打七

洗心蓝

雾霾的潮水

湮不到这块宝地

才有了洗心上空

这一片蔚蓝

我的肺叶

像高顶山上的层林

没有恐惧地自在舒展

仰望朵朵白云

如丝如带如莲

天人合一的玄理

在宝地是当下的体验

从湘江边的迷茫中冲出
只须十分钟
就可以享受洗心蓝
是经咒让雾霾不敢靠近
还是神佛护佑着这片天
是老僧清心寡欲的感应
还是因为这里有座神山
洗心蓝
但愿你的蓝能扩展到天边
让三湘四水都能分享洗心蓝

注：不止一次，也不止我一人发现洗心寺上空可以看到蓝天

2016 年 1 月 3 日

肚里没墨水

因为有了手机与电脑
不用书写
所以肚里没墨水
谁都不见外

因为有互联网与微信
扁平快时代
只是联系不必深交
不读书思考

谁也不见怪

那乌纱帽下的脑袋
神经还有没有回路
脑沟越来越深
会不会改变基因
影响我们的下一代

唉呀，肚里有墨水
是发黄的黄草纸
是迂腐的老秀才
是传说中的时代
见怪不怪

2016 年 1 月 4 日有感互联网

冬天礼赞

松柏、竹子与茶花
在冰雪之季
常青并绽放
一如春天一样
在飞雪的舞蹈中
赞颂冬天
证明自己

古往今来的贤圣们
在困境与磨砺中
如玉一样圆润
五德荣身
谗言与诽谤的雪雨
映衬出悬崖傲雪的腊梅
呵！困境孕育成就的春蕾
赞美是温柔的杀手
死之将至也不会有血泪
顺利是微笑的陷阱
忏悔时已身处囹圄
感恩敌人与困难
寂寞、冷冻与绝望
登上高峰
极目回首：
呵呵！一路都是风景！

2016 年 1 月 5 日

读《轴心时代》有感

本自一个源头
一如黄河、长江
发脉唐古拉山麓
像蚯蚓一样

在时空穿行
汇入细流
分派五洲
聚成江河湖海
深广澎湃
孔子是轴中之轴
希腊三贤以及佛陀
构成北斗七星
闪耀在心灵之星海

时间会让铜铁生锈
不变的是“金规则”
善与爱
仁与诚
道与理
依然是宗教与文化的主动脉

是欲垢太厚
是慧根善根太浅
是手段太多
是生性太残
我们的精神品性
怎么还不如公元前？！

2016 年 1 月 14 日

借着你的灯光

《浮萍禅诗集》序

借着你的灯光
写完这首小诗
我就走
走有风景有自由的路

本来只是抒情的小诗
我却将它写成叙事诗
年年岁岁一床书
江湖夜雨十年灯
是谁吟唱的古诗
我却将她变成了现实

在漂摇的小舟上
风雨、灯、腊烛
江水、夜、星星与诗
我不知道再次
在哪棵歪脖子树上系舟
我将我的心
铺成石子的路面
自己走
我将我的眼睛
挂成前路的灯
照自己
念着佛号

像挥着驱魔的鞭
给自己壮胆
并驱散黑暗

没有爹娘
没有媳妇
没有酒肉
没有没有
上无片瓦
下无立锥之地
真真正正的
贫下中农

抱“道”取暖
安慰自己放下随缘
盼望夜晚让梦给我盖上被子
受伤的心不要老是睁着眼
把雨打芭蕉幻听成木鱼声
把池塘蛙鸣当成诵经
像露珠一样
在荷叶上寻找平衡
像火盆将热情埋在灰中

像弥勒那样
笑着打开山门
心里韦驮
却审视这虚诳的世界

给她的是冰
心里却燃着火
给他的是火
心中却是千年的冰

在江湖直面人生
撕去所有标签
脱下所有包装
把心暴露在艳阳下
唱自己想唱的歌
说自己想说的话
我不是歪嘴和尚
百年内你也听不懂
我念的经

不再借着你的灯光
写凄情的小诗
白天有太阳
晚上有月亮
我以光头为杵
将生命之钟撞响!

注：拟委托素闻居士出《浮萍禅诗集》，以此为序

乙未年腊八

五十可以知命

五十知天命
孔子没有虚说
一份年龄一份心
年龄不长心不长
生命的常青树上
入秋果实开始飘香

像河卵石坚定地沉在水底
不会随河水涨落
也不会随河水变清变黄
磨去棱角
褪去色彩
在自己该在的地方

不被任何东西下咒
像月亮悬挂在天空
不被任何东西禁戒
如风一样来去自由
脱去冬装就可以泛青
春风得意就可以开花
秋风瑟瑟就开始埋根
冬雪飘飘就藏在地下

像云雾一样演绎空有不二
随应心与天地的节气

在成功与失败之间收获经历
在困难与顺境之间欣赏落差

心在心该在的地方
自己才是自己的知音

孔子对心进行编程
佛陀将人心掏空
希腊三贤扫描人心
老庄给囚禁的心放风

当流浪的心回家
五十可以知命！

2016 年 1 月 18 日

和道友

——致净慈妙高法师

江湖卅年内外破，
始信梦幻终无影；
偶念同参问一句：
西湖门前清不清？

妙高法师和：

放下实高人，

尘幻本无真；

四海为上客，

报身即法身。

妙华法师酬答：

刮目看西湖，

风月更天真；

不负出尘志，

默契如来心。

妙高法师答：

同参笑看我天真，

不识尘幻心多尘；

随缘消业多成就，

舍此娑婆彼岸成。

2016 年 1 月 23 日

江湖一声鹤唳（诗集名）

在水天一色的洞庭湖之滨

你的长脖子弯曲成问号

像屈原那样问天问地问自己

一声长唳撕裂天地

从枯萎的芦苇荡冲天而起
披着雪霜顶着晨露矫健展翼
浊浪在你的翼下绽放成簇簇莲花
迎着枪口飞翔展现无畏的潇洒

凤凰栖在梧桐的高枝上展示尾羽的美丽
乌雀在檐下委屈求全的叽叽喳喳
听到江湖那一声长长的鹤唳
望断白云悠悠何处是仙鹤的家

注：委托张素闻居士出禅诗集，名曰：《江湖一声鹤唳》

2016 年 1 月 21 日

重读《爱莲说》

美文爱莲蕴深义，
雾霾可使花迷离？
省思拙赋尚存否，
掘塘引流正当机！
布衣知县心灵秀，
暗契乐处新儒基。
一气如虹光千载，
今人何故不凭藉？

2016 年 1 月 22 日

精读朱惠芳《理学鼻祖与理学名城》有感

面对

当雾霾模糊了生命
你尽心辨别不了利害
就随缘吧
至少敢于面对

2016 年 1 月 20 日

水之道

——与自然尼师论道

把茶放进水里
就是茶水
把糖放进水里
就是糖水
把药放在水里
就是药水
水是主人
它们都是水的客人
零下成冰
零上成水
百度化气
天边成云
水的自由是没有自己

水的存在就是自己
泼在地上
渗入土里
装在瓶里
装在缸里
由你自己
水没有固定的形体
露珠是圆的
池塘是方的
江河是长的
湖海是广阔的
深浅方圆水是随缘的
放下经书
到河边去观水吧
说不定在水里
可以照见自己

2016 年 1 月 25 日以水示道记之

读《理学思想与人文汝城》

空谷石隙喜生兰，
深峡积溪可成渊。
纵观湖湘名人史，
因此四水与南蛮。

2016 年 1 月 27 日晨读书有感

读书偶成

日读诗书犹进餐，不因电网蔽性天。
三十年来人心锈，余却执意向泉边。
五十明见心中路，老花奋蹄再扬鞭。
冬蜇独自觅性理，风花弄月吾与点！

2016 年 1 月 28 日

腊月雪戏

佛寺禅坐心如月，
来访人客乱似麻。
不及蜀地麻将客，
得失一笑不牵挂。

余事应向梦里看，
法相庄严碑戴雪。
心空何须勤拂拭，
雪地不必留印脚。

2016 年 1 月 25 日

题画一首

冬雨淅漓解冻土，
悄然根芽谁人知?
满怀春暖无言表，
画出一枝有意思。

灵魂不睡觉
人睡着了
灵魂却醒了
于是，睡着的与醒着的
在庄严的法庭
都得到审判
尤其是装扮最彻底的
只须轻轻一挑
梦是自由的
灵魂不睡觉

2016 年 1 月 29 日

雪想

大地像牧师的床单一样洁白
白得让人想到掩盖
其实下不下雪都一样

我不用眼睛看世界
而是用心
所以心不结冰
就是暖冬

在你我的人生中
都曾迎着风雪
双手抱拳哈气取暖
坚定地向前
心泉决不封冻
冒着热气
就像婴儿红朴朴的笑脸
绽放在雪天

2016 年 2 月 1 日小年大雪

坐在禅堂里

坐在禅堂里
由呼吸入观
让时空消失
坐在莲花上
看破看人间

2016 年 2 月 1 日

落拓江湖

什么因缘

我们在江湖萍聚

茶未凉又分手

没有说一声再见

就各走各的路

芒鞋踏破千山云路

目光穿过万树金秋

分手不必说再见

给自己一个理由

有缘的不会分离

无缘也不必强求

喜欢走哪条路就走哪条路

浮萍一样聚了又散

落拓江湖放歌横舟

2016 年 2 月 2 日写给云游的僧家

性格

万物皆有性格

性格就是命运

性格就是生活

五彩人生里
是黑白赤蓝紫的性格

五味人生中
是酸甜苦辣咸的性格
文学故事
是众多性格的冲突与胶着
哲学纷争
是性格面向的建立与摧破
宗教是一种性格
科学也是一种性格

玫瑰花的性格
是有花有刺
无花果的性格
是默默结果
柔情似水是性格
坚硬如钢是性格
兰生幽谷是性格
竹冒冰雪是性格

自然有了性格
四季五色缤纷
社会因为性格
五湖波澜壮阔

啊！万物皆有性格

承认性格欣赏性格
因为这样
才有了丰富多彩的生活

2016 年 2 月 5 日

入定

妄念如针凭空而下
在心湖融化
无数莲花也自开自落
虽然美妙也是幻化
无量风光本来如此
与天地交合
与万物生灭
什么都可以有
什么也留不下
像一把盐撒入大海
像花瓣飘向天涯

2016 年 2 月 10 日晨

在这看风景的年龄

在这看风景的年龄
站在张家界的悬崖边
眼前风景再美
也会站稳脚跟

在这看风景的年龄
站在岸上看湘江北去
欣赏激扬澎湃
但不会打湿自己的草鞋

把长沙市看成宴席
在杯觥交错中分清主客
把人事看成天上的云
云去云来蓝天从不动心
把佛言祖语不再挂在嘴边
从众生脸上读取社会
不再用信与不信区分人群
而是用法眼直指其心

像鸟那样无痕是一种境界
像雪一样洁白是一种境界
每杯茶每本书每次远行
都是禅露汇入无垠法海！

2016 年 2 月 11 日

简单的世界

这世界是个万花筒
当年龄戴上老花镜
生活打碎万花筒
那贪嗔痴才被看清
这社会是个大染缸
当心水临近冰点
定力将思念沉淀
那慢疑见才被照见

用眼睛听用耳朵看
它们的存在是一个波段
并且用心直觉这个世界
万物都很可爱都很简单

2016 年 2 月 12 日

真的是无题诗

有一缕春风吹过心空
有一滴春雨落入心地
多想与你分享
我又不能
只好写这首小诗

让你知道我
我一直为你亮着灯

2016 年 2 月 13 日

我不去

我不去城里
怕拥堵怕雾霾
更怕贪婪的焦虑
对我柔软的伤害

我不去交往政客
他们严肃的面孔后面
有一双是非眼
随时准备当“裁判”

我不去交往商人
功利是他们的唯一
信仰也可以开发
经像都可以谋利

在城乡结合部
拣食菜叶
只要你愿意

就是一种美丽

你拥有的
他们没有
他们所难受的
你也可以不受

2016 年 2 月 13 日阅读他们后的感受

我要去流浪

春暖花开了
我要去流浪
把风景一帧一帧
存入心扉
增加生命的内涵

让劲风吹流眼泪
吹乱头发
撩起衣襟
有野性才是潇洒

把心放骄阳下曝晒
如晾干瓜片
让荆棘划破手脚

原始的放血疗法

封存的太久了
约束的太多了
计较的太多了
趁着春暖花开
去春光中流浪
凭啥不给自己
放个长假

2016 年 2 月 17 日

心泉一轮明月

我不再想费神
用眼睛去看
而是用心
也不再想用心
去想这个世界
而是无心
把自己放松成云
飘过山头
不扰动一粒沙子
拂过大地
不翻动一片叶子

什么都不要
什么都不想
吃了无数次饭
没有记得一顿
走遍东西南北路
未曾挪动一寸
心泉明月
寂而常照
照而常寂

2016 年 2 月 18 日

在长寿村造句

长寿村
是十万大山花瓣里的花蕊
百岁老人
从没有闻到过农药与化肥
他们的祖先
沉淀了“千年长寿基因”
才有了叼着旱烟袋
吃着腊肉……的
百位百岁老人
画家、诗人、企业与官员
发现倒影、诗意很美

一夜之间
楼房、宾馆、草药、教练与养生馆
还有养生的病人
在并不宽展的河谷里
寻找长寿基因
我翻过千山万水来了
反正我到了传说中的长寿村
我也造个句吧
只是百魔洞里飘过的云

2016 年 2 月 24 日在长寿村

梦在飞

把自己搭在高速路的箭上
射向你
穿过无数山洞
掠过无数山头
压扁时间
从冬狂奔到春

终于，看到你
怀着春天的温馨
头裹云巾在等我
我每个毛孔都笑了

没有白来

枕着瀑声入睡

让肺也成为十万大山的

一片叶子

展开

梦在飞

2016 年 2 月 25 日夜于德天瀑布

咏海

像一滴水一粒沙

没入十万大山的海洋里

从天上看不见自己

从地上找不到自己

面对重重无尽的群山

你是谁已经没有意义

像一叶扁舟

颠簸漂浮在

十万大山的波浪里

阳光与雨

翠峰与洞

农舍与瀑布

溪水与古木

都会录入你的眼里

驻在你的心里

于是，在红尘中

你不会迷的太深

2016 年 2 月 26 日

孩子关机休息

你五彩的目光

正变得呆滞

你天鹅般的脖子

正钙化成钩机

你真的该关机，休息

无法靠岸的网游

无助的心累不累

所有的八卦

你知不知道都一样

与你没有半毛钱关系

你真的要关机，休息

认识千百个

知心能几人

徒劳的一次次撒网

网上沾着水草与泥
大鱼与珠贝
不会在网里
孩子，人生是一场游戏
网络是游戏中的游戏
你该关机，休息

你的心是你的主人
怎么能让电魔扰乱你的心
亲情再疏
也比电网有温度
也比电网亮丽
也比电网织的密
你真的该关机，休息
五味的饭菜
五色的山水
五彩的人生
难道都让你丢不下手机
焦虑与孤独
平面与快求
低头刷屏的你
像不像疯子
像不像犯了毒瘾

孩子，你还年轻
对于网络的认知
是 1840 年

一个民族的记忆
我并不耸人听闻
百年后你才会看清自己

2016 年 3 月 10 日

缘分

我和你的缘分
已经不止一世
在熙熙攘攘人海中
我们一见如故
你金色袈裟带来和煦春风
你澄清绀目如大海
容纳每一滴泪珠
自从与你相遇与你相约
山不再高路不再长
酒不再辣黄莲不再苦
戴着月亮的草帽
披着太阳的斗蓬
柱着信仰的拐杖
唱着清亮的禅歌
岩石成了我生命的金刚座
乱云变成白莲朵朵
在缘聚缘散中开悟色即空

在缘散缘聚中开悟空即色
摊开四季变幻的经书
在花开花落的后面拜访你
在现在的缘分中
窥见过去的自己

2016 年 3 月 15 日

心老了

心老了
看不得虚荣
也不奈寒暄
这人情这世界
谁都能看穿

心老了
冷暖自知
鞋子大小脚知道
就是春天到了
棉衣也要穿

心老了
不想呈强不要表现
该吃饭时吃饭

该睡觉时睡觉
不要任何包装
不贴任何标签

心老了
心空了
神马都是浮云
你信不信我信了

2016 年 3 月 18 日

念佛诀

一句弥陀最方便，
行住坐卧皆可练。
一念念到心水湛，
清凉明月性空显。

一句弥陀最实在，
心忆弥陀口中念。
数珠换绳意不断，
妄念顿消净土现。

一句弥陀最亲近，
莲友心莲净不染。

七期三业妙莲花，
一生三世净业圆。

一句弥陀最为真，
步步声声唤儿还。
如母忆子情不伪，
一念感通路不远。

一句弥陀最安稳，
经教万般根在心。
天魔死魔烦恼魔，
只须阿陀一根针。

我今重提念佛诀，
只因教门乱纷纷。
证心犹如剥葱蒜，
弥陀即是真如心。

斗转星移山河变，
极乐世界遍地金。
善愿成就善人聚，
临终三圣来接引。

2016 年 3 月 18 日

在红尘深处与你相遇

在红尘最深处与你相遇
是因为看见桃花缤纷零落成泥

在红尘最深处与你相遇
是因为参破流光溢彩的名利

在红尘最深处与你相遇
如莲在泥获得人生真谛

2016 年 3 月 21 日

开在冬天的茶花

曾经因春花烂漫而雀跃
像农民歌者那样幻想将自己埋在春天里

曾经因硕果累累而希望
像成就者那样将塑像与奖杯放在一起供人瞻礼

十年前在后院移植一株默默生长的茶花
井坛的诗境后面有几分禅意的启迪

所有的花儿都开在春天

而你却在冰雪中绽放艳丽

所有的花香都会有蜂蝶萦绕
只有你自酌四季的孤寂

冬晨推窗惊讶于你冰雪中的倔强
参悟你在苦雨凄风中不萎的禅机

把所有的坎坷生长成生命的骨干
把所有的刺痛激发成怒放的花瓣馨香的花蕊

没有谁能理解你对严冬的感悟与感恩
没有谁知道你对冰雪欺压的感激

开在冬天的花放声歌唱冰雪
冬天花开有特别的意义

2016 年 3 月 25 日

如果

如果去年冬天的大雪
今春不见踪影
你该开悟
易化的人事空无自性

如果去年秋天的大雁
从头顶飞过
今年没有踪影
你该开悟
幸福与伤痛
也只是延伸的梦
来无影去无踪

其实，佛根本不在庙堂和经书里
那只是地图与指引
举目大千
郁郁黄花
青青翠竹
乾坤方圆
星辰河汉
都是佛陀的遗言与叮咛
你何时睡醒
你何时开通

我看得到你的起心动念
我照得见你的理路神情
香花，供果，听经，放生
如果不明自性
也只是水中捞月
痴人说梦

2016 年 4 月 1 日

治疗抑郁症的诗

唔！抑郁的朋友
你可能想的太多做的太少
或者，能力太低要的太多
面对社会
虚荣自尊以及自卑
都是可爱的猫儿盖屎
或者咬着自己的尾巴
还以为是硕鼠的美味
没有家底
目标就不要定得太高
没有资本
就不要要得太急
财富与文化
都是点滴的积累
唔！对了，还得有坚强的心力面对
读书、自律、能力
内省、自强与宽厚
都是人生的真谛
天上不会掉馅饼
神佛也不会恩宠你
从心开始
但愿洗心禅的磬声
能唤醒你
类似你这种“有心病”的人
越来越多

与三宝时有交集

但我不知道面对心灵污染

佛能不能走近你心里

注：有人说这季节是“菜花病”高发期，我更想在与有“心病”人的交流中找到社会、文化、心理成因，并用佛理对症与药

2016 年 4 月 1 日

再致抑郁证患者

生命哪怕只是晨露

也是可爱的

并映照彩虹的光芒

被劫风摇落是自然的

不要自己破灭

生命哪怕是朵小花

也是新鲜的

并点燃春夏的五彩

花开花落是自然的

不该自己萎败

死都不怕还怕活吗

物欲与私欲

是不是你生活中最大的祸害

赤裸裸来赤条条去
面对大千世界
你想不开也要想开

死亡并不是解脱
是灵魂跳入另一种苦海
如果你能像道人那样
退一步想
“绳命”可以更加精采

2016 年 4 月 12 日

禅歌

一首清寂的歌
在红尘外吟唱
鸟儿和鸣
风雨伴奏
万丈悬崖拉开帷幕
空谷音响

背着行囊
走在崎岖的山路上
禅者边走边唱
在禅歌中流泉淙淙

在禅歌中野花开放

背着行囊
边走边唱
欢乐如山泉一样流淌
心情如山花一样开放
是“孔颜之乐”
还是“自家的意思”
怀抱明月
头戴太阳
获得法喜禅悦
世乐难见顶项

一无所有的轻省
无牵无挂的自在
词在心中写
歌在心里唱

无孔笛朝天吹
无词无曲无谱
谁人合唱

2016 年 4 月 15 日

致泡桐

站在春天的枝头
你的每朵喇叭花都在喊

空间弥漫着香甜
仿佛占尽整个春天

挺举的身材肥硕的叶片
春雨中竹笋样直冲宵汉

可我，决不愿羡慕你
虚伪早晚会被日子磨烂

像兰像菊
像松竹耐寒

每个念头都真实得像钻石
每个行为都笃实得如钢板

结结实实活在真我里
与真我一起恪守真言

2016 年 4 月 20 日

泰山五大夫松

三十年前我就想赞颂你
只因人生少了风霜雪雨
读不懂你
写不透你

走了三十年的山路
今天再仰望你
老了的是我
不老的是你
于是，
我决定像你一样
永远青春着
站在风雨里

2016 年 4 月 20 日

洗心寺的春晨

鸟叫的露珠滴到心湖
诗情是溅起的涟漪

一缕沉香与花香混在一起
透明的晨光扫过心地

昨晚经历的狂风暴雨
是春天在洗涤自已

昨晚的电闪雷鸣
是万物在苏醒自己

后山那冉冉升起的云气
不久就成了五彩的虹霓

啁啾鸟叫如露珠滴落
洗心寺弥漫着春意与诗意

后山淙淙流淌的山泉意味深长
冬天褪色了，绿色是春的主题

2016 年 4 月 22 日

井坛竹影

静坐格竹影，高节通虚空。
无中生妙有，个个欲成龙。
不必春花灿，冬雪已潜龙。
一夜潇湘雨，万杆拂碧空。
琅杆悦君心，身影乱婆娑。
诗画不尽意，逢春又生歌。

诗画不尽意，逢春又生歌。
斜阳照井坛，竹林欢鸟鸣。
一壶老水仙，熙颐不看经。
心远尘不到，无求身自轻。
不解名利客，春深昏不醒。

观瀑

十万大山凝波涛，细雨绵绵垂罗帐，
雪浪倾泄碎玉溅，千军交兵震天响，
藉此豪情舒胸臆，纵身跳下断情长，
轻舟曼歌横舟时，一轮圆月满心房。

山河爱不足，秉性好云游，
瀑流撩画意，农舍勾隐情，
恨不会陶潜，相伴南山垅，
若遇李太白，逍遥跨鹤行。
碧潭沉黛玉，竹筏入云深，
流瀑碎雪浪，腾腾涌狮阵，
踏平十万岭，前来听龙吟，
三五落拓子，凭栏可生心？
群瀑美不美，如玉可人心，
宛若流云泄，隐约彩虹飞。

2016 年 5 月 6 日

界碑

界河小滩位，
中越人难分。
同饮一江水，
共操一口音。
货易常往来，
男女久联姻。
界碑为作证，
山水不能分。

2016 年 6 月 5 日

转念

转念处
像撕去日历那样
撕去
过去的日子
像花叶那样飘落
转念处
一切都被瞬间风干

转念处
像站在崖顶回望

曾经的人事与得失

瞬间

化成脚下云烟

云烟就是云烟

一切苦难都是回甘

转念处

烟消云散

2016 年 5 月 6 日

阳明洞的哲思

刘瑾怎么也没有料到

五百年后

竟然成了王阳明的垫脚石

王阳明怎么也没有想到

幽洞中的一点心光

普照得如此广如此热

蜇居寒夜的清泪

化着孔门“一滴骨血”

在是非成败的

八卦炉的冶炼中

铸成“此心光明”的浩歌

没有谁能像你这样

把“真理”托举在头顶
游学大半个中国
像所有觉悟者一样
拂尘轻轻一挥
花朵轻轻一拈
舌齿轻轻一舔
就可拨云见月
千年经院哲学
千年酸儒腐儒的纡腐
你教他们从“心”解读
于是书院被你击活
儒生被你解脱
古寺禅心被你释放到官场
仁爱与慈悲被你带上战场
“真三不朽”的真人啊
你是白莲一朵
以你的坐标
考量一下今天的官人与学人
他们少了什么
你能不能
敢不敢再做一次评说
“五十不为夭”
这是你面对命运多舛的
生与死的表白
像行尸走肉一样的活着
或者像乞丐一样的混着
一天都太长了

更何况七老八十还吃保健药
如果我今天在洞中遇到你
我陪你吃着“农残”
喝着“添加剂”
你的“致良知”又该怎么说
我听到你的名读了你的书
我来了，十几米的山洞
没有灯，没有路
我无法穿过
但我来过

2016 年 5 月 8 日一行六人前来参王阳明洞，阳明洞位于修文县龙场镇

想起千佛山

那个穿着灰大褂老僧的身影
在山林中独行
独行是一种清净
勾起青年的心境
心境中有出尘的清梦

飞出树梢的屋檐
也是一种勾引
山洞壁的题字
幽黑的传说

构成自在解脱的憧憬

山门那副千古绝联
三声疏钟
一声蝉鸣
从红尘此岸
跳到彼岸 说的人很多
没有谁付诸行动

我付诸行动
盘坐山岩闭眼看云
站在烟熏火燎的大殿
睁开眼念经
背起香袋云游
任风雨剥蚀额头
十年回首千佛山
开始生命的漂流
学会
睁眼看心
闭眼看人
参悟聚散的人生
记忆也是浮云

千佛山虽然没有千佛
但兴国寺度了不少人

2016 年 5 月 13 日

孔子像前

你从尘霾中走出来
能站在这明丽的春天
我知道真不容易
更何况是谁
这么有眼光有胆识这么自信
背靠笔架山
面对十里花溪
春阳下格外温暖
春光下格外庄严
孔子像面对十里长滩
悠游花溪
碧水青山
柳荫花明
孔子与王阳明
终于盼到了春天

2016 年 5 月 10 日在贵阳十里长滩孔学堂看到露天孔子像

明天去西藏

明天去西藏
把防寒防晒防雨的
全部备入行囊

自己的心就是 GPS
心中很早就有方向
去看湖
寻找心中的蓝月亮
去转山
雪山千万年圣洁巍然
草地将绿色伸展到远方
荒凉将悲壮送到身旁
见面的活佛
不再议论佛法
哈达与奶茶
温暖心房
把从汉地塞得满满当当的全部放下
想喝就喝
想唱就唱
让脑洞缺氧
让高原红贴上脸庞
明天去西藏
沿着记忆的方向

注：心住法师、悟迪师、悟研居士、彭德胜先生开两部车到西安集合。此行三部车十人。走青藏线，终点林芝。返回路线拟走云南

过秦岭

大沟一十四，
小峪七十二。
发脉昆仑山，
苍苍色如黛。
蓝天碧玉坠，
盈盈螺髻戴。
山泉煮黄精，
僧道身不败。
士尘多羁绊，
隐入此中来。
终南有捷径，
福禄人所爱。
珍果自生山，
不赖红尘外。
民风性简直，
巧伪难自在。
僧道爱终南，
三教共一脉。
代代文豪出，
三贤诗史才。
我今过秦岭，
沿途说豪迈。

2016 年 5 月 23 日从伏牛山至秦岭腹地丹凤至蓝天县，
夜宿华县宁山寺

无题

麦积山下麦黄杏，
红黄压枝摇清风。
更有樱桃正上市，
酸甜可口玉玲珑。

2016 年 5 月 24 日于西行路上

麦积山

麦积山形似麦垛
实则是历史的沉淀
文化的传递
沿着石窟走入中原的佛教
不褪色的袈裟红
早已渗入砂岩里
佛菩萨含笑
在半空看江山更替
云聚云散
慧目半睁半闭
谁能开悟其中的真谛
每个时代的造像
在不经意间
把人间的追求与理性

捏进泥土里
三十年
东西南北中
大佛们冲天而起
我们塑造了什么呢？
历史的眼睛决不会半睁半闭

2016 年 5 月 25 日于天水

感慨

沿着秦岭
一路西去
伴着黄河
一路北上
欣赏
无论是“黄河之水天上来”的感慨
还是“大漠孤烟直，长河落日圆”的妙写
是九曲十八弯的曲折
还是壶口大合唱的壮丽澎湃
河滩漩出的八卦图
黄河水养育的女儿
以黄河的悦纳
与黄土高原的宽厚
肇始文明

一画开天
秦岭是脊梁
黄河是脐带
沿着秦岭找到根
沿着黄河寻到脉

大漠孤烟直
黄河落日圆
不是西域的风景
是人在塞外的心境
没有勾心斗角的庭院
没有营营的盘算
大漠把思绪蒸发
落日将牵挂融化
黄河漂走所有得失
影子是长长的破折号
只是什么也没有解释

2016 年 5 月 28 日

致吉海上师

金刚结一样
藏人的历史文化和信仰
与佛教

编织在一起
信仰神山神湖
佛陀与上师
不需逻辑与概念
信仰如雪山
信仰如圣湖
在长长的跪拜中
丈量雪山的高度
体测荒漠的温度
超越生死
把人生撮成捻子
点亮心中的圣灯

2016 年 5 月 29 日于西宁

海子来过这里

真不敢想像
二十四岁来过这里
在巴音河畔写下《姐姐》
二十五岁便成山海关
血色的记忆
面朝大海
春暖花开
人们常常念起这诗

独自走过
这荒漠城镇
“草原尽头，两手空空
握不住一滴眼泪”
你是要翻过唐古拉
去寻找心中的圣地
还是在大漠与雪山
冰川与湖泊之间
释放自己
拟或是你开了天眼
要找回前世的记忆
你的死是天地间的问号吗
你的死是天地间的感叹号吗
你是成就了自己
还是背叛了自己
我在这儿收集证据
证明你活出了自己
所以，虽然你只是过客
德令哈却没有忘记你
让你依偎她怀里

注：柴达木德令哈市有海子纪念馆，这真了不起

2016 年 6 月 1 日

面对青藏高原

面对青海湖草地雪山
我能说什么呢
面对冰川盐湖唐古拉
我能写什么呢
面对白云羊群布达拉
我能拍下什么呢
你永远是你的样子
我虽然对你情有独钟
你却有十万个理由拒绝我
我的单薄、自私与狂妄
与你的坦诚、圣洁、厚重
形成显明对照
低头、合掌、忏悔
把绣花的大红袈裟
铺在山岩上
像晒大佛那样
让紫外线照射
面对青藏高原
你我到底是什么颜色

2016 年 5 月 31 日

走过荒原

五十七岁
驱车千里
走过荒原
只是恢复一种记忆

名利与生死
像飘在雪山后的云
早已没有眼泪
在炙阳的烘烤下
只是一块干透的抹布
所以，唐古拉与可可西里
可以让身体缺氧
你知不知道
灵魂不需要氧气
所以，我可以像云一样
飘过

2016 年 5 月 31 日于德令哈市

缺氧

缺氧真好
豪宅

地位
都不要了
只要一口气
缺氧真好
第一次
注重身体
注意呼吸
第一次证信
信念与持咒的神奇
贪婪者
都该缺氧
因为富氧
所以贪婪
因为贪婪
才失去雪山草地

2016 年 6 月 1 日

我抓不住青藏高原的云

一

戈壁沙滩上没有眼泪
有眼泪也不留泪痕
海市蜃楼与天边升腾的烟尘
一切现实而又如梦

二

天地在眼前交合一起

雪山排列如牙齿洁白

我睁眼或昏睡

都逃不出它的大嘴

三

诗情我可以抓住

道意我可以说出

雪莲我可以找到

但我抓不住青藏高原的云

四

青海湖与盐湖

可能都是海的弃婴

那苦涩告诉我

这都是移山造海的伤痛

五

一千年不死

死后一千年不倒

倒下一千年不朽

胡杨是绿色对白色的宣言

六

在汉地信仰可能是一种被物欲掩埋的空理

在藏地信仰则是跪行着翻过雪山的勇气

我无法想象一个没有信仰的人

对于信仰布达拉的意义

2016 年 6 月 2 日于格尔木

写在唐古拉雪山顶上的诗

关卡、堵车、险阻、风雪
人生在路上
妒忌、排兑、陷曲、落困
风景在路上
有方向、有恒心、有力量
在每个驿站加油加水
不要空着肚子
不要空着油箱
用平常心对待一切
就像在念佛堂禅堂
用慈悲心对待一切
沿途都有风光欣赏
用智慧心对待一切
每个人每件事都是法水荡漾
注意每一个海拔高度
最高处开始向下
最低处开始向上
所有的经不是写在纸上
而是写在路上

印在心上
没有谁可以让我纠结
也没有谁可以让我发狂
自己的路自己走
有些风景我只能自己欣赏
我把这首小诗
写在唐古拉山顶
希望每个路过的人看见
然后
让雪覆盖
让风抹去
一切都和从前一样

2016 年 6 月 4 日

早晨一起去转塔

早晨一起去转塔
融入纯朴的人群
这是西藏随处的风景
迷信的幸福
远比聪明更温馨
早晨一起去转塔
看看能否找回丢了的慧根
如果一时找不到

在白塔下歇歇狂心

2016 年 6 月 4 日

哲蚌[1]寺联想

哲蚌寺是一堆米
每一粒米都是藏民
一粒一粒堆的
那是洁白的念头吗
那是纯朴的心吗
那是转经人的汗吗
从古至今，没有变
不生不灭
不增不减的哲蚌寺
是藏民精神之米

注 1：哲蚌是米堆的意思

2016 年 6 月 5 日

狗子也有佛性

在拉萨三大寺
有数不清放生狗
它们温顺在塔寺旁
或作梦或入定
即不抑郁也不狂躁
自适自治幸福度很高
看看它们的样子
好象真有佛性早已悟道
是否只是形体不同
在这方净土也学会了修道
狗性全无
即不乱叫也不乱咬
用汉地的老眼光看狗
难解其妙

2016 年 6 月 7 日

林芝的春晨

静浮在城镇上空的云
仿若没有晾干的白纱
伸手可以抓下
神佛护祐着的这块圣地

看不见经幡的人读不懂

福人居福地

我看山看水

终于看见了人心

2016 年 6 月 10 日于林芝

又想起仓央嘉措

一曲悠扬的歌曲在天空回荡

仙鹤驮着少年的心愿飞到理塘

那“雪窝”中的脚印成了历史之谜

“道情”不知何故被四处传唱

在理想与现实的碰撞中

是谁在青海湖剪掉仙鹤的翅膀

雪花一样片片飘落的不但有眼泪

还有仓央嘉措活佛的理想

我在布达拉宫寻找你的印记

眼花缭乱的故事中哪个更可信

所有的“情歌”都是那么开悟

流露凡情与圣情的实相

白墙的圣洁红墙的庄严

航船一样颠簸在历史的波涛上
你是一朵洁白的雪莲花
永不凋谢绽放在活佛的法座上
你借仙鹤的翅膀飞回理塘
再来时是否改变了自己的模样
我到布达拉又想起你
因为袈裟可以变成翅膀

2016年6月10日

澜沧江边那一抹绿色

亿万年前
造物主用它无情的手
撕裂大地
至今
皮肉裸露
永远不会愈合的伤口
不仅仅是恐怖
而是
血
还在流

千丈流沙下
万里澜沧江边

那一抹绿色
是生存的希望
是生命的顽强
是敬畏与祈求

藏族人与纳西人
甚至还有汉人
种植、架桥、开路
在深深的峡谷底
在赭色砂岩上
写满对生命的热爱
对自然的敬畏
对神佛的祈求
红色的流沙
黄黄的江水
白色的佛塔
五色的经幡
构成一幅浓墨重彩的画图
澜沧江峡谷
那一抹绿色
永远凝固在我的心头

2016 年 6 月 13 经过澜沧江大断裂带，住梅里雪山观景宾馆写

致修路工人

脚下万丈深渊
滔滔江水
头上万丈悬崖
风餐露宿
筑路工人
黑黝黝的脸膛
一口白牙
向来往车辆与行人
挥手
西宁到格尔木
从格尔木到拉萨
从拉萨到迪庆
修桥铺路
排险施工
不知过了多少垭口
总能看到他们的身影
黑黑的脸庞
一口白牙，微笑着
挥动旗帜
向行人致敬
骑车者自驾者徒步者
致敬筑路工人
是他们发给我们
真正的通行证

2016 年 6 月 10 日记事于然乌临时铁桥

回望七十二拐

怒江是一个名副其实的名字
峡谷如张开的血口
随时想吞食谁
怒江钢桥
不让它咬合
支着这张嘴
江水如愤怒的情绪
一直在喷涌
所有的车
如小甲壳虫
小心蜿蜒在
一根盘曲的绳
是谁设计了天险
又是谁大胆闯关
心里念着佛
手心出着汗
脚腿酸软
险峻处看到经幡
心中拂过一阵温暖
站在观景台
一丝宽慰
一丝坦然
不禁要问
这路是对来往行人的考验
还是晒在这忘了收的挂面

拟或是启示一种哲理

险难处

风光无限

2016 年 6 月 15 日追忆过怒江大峡谷七十二拐

梦境

自驾一月归来于长水机场记忆

雪山、草地、湖泊

已经定格在我眼底

五色经幡

转山人群

已经存入我心里

纵然人群如潮

纵然楼群入云

任物欲交汇成五彩

在我眼里也只是浮云

青藏高原

我把你已经

揣在怀里

就是欲望的碳排放

弥漫在万米高空

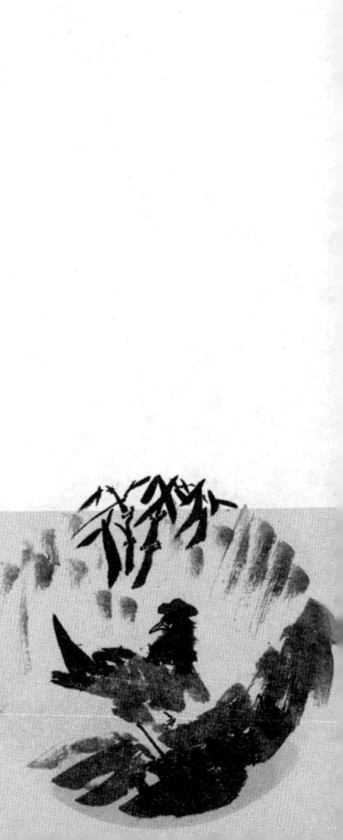

圣洁的雪山
也是我供奉的舍利

2016 年 6 月 18 日

在山溪做一条鱼

虽然泥沟营养丰富
不是泥鳅也不会在泥沟
玻璃缸中的锦鲤与金鱼
被供养得金贵却失了自由
还是在山溪做一条鱼吧
在清潭中自由自在的呼吸
没有欲望就不会上钩
心情如山溪的清寂
像山花那样漂着
像落叶那样沉着
任意的石缝都是坚固的家
在溪水中永不分离
那是亘古不变的情意
在山溪中做一条鱼吧
那是自由自在的全部含义

2016 年 6 月 30 日

有一片云挂在窗前

呼吸着清新的空气
我伫立窗前
忘记自己是在人间
雪山映亮我的双眸
白云飘浮我的窗前
荡漾江水静静流过
林芝婴儿般安详在群山的臂弯
一股诗情从僧心生起
思绪如草原向天际铺展

我虽是自驾游路过的
千万旅客中的一个
我已感叹福报不浅
如果有人问
林芝美不美
我只会说：有一片云挂在窗前

2016 年 7 月 1 日从青藏高原自驾游回来，我正在反刍一路所见所闻

禅语

跑在前面，人们会追赶，并被忌妒。
并肩向前，会互相挤兑，并被排斥。

落在后面，会被人踩踏，并被压伤。
我选择跑在前面被人忌妒，
因为不被人妒是庸才。

2016 年 7 月 7 日

这就是莲塘

把蛙鸣当成夏夜的交响
你就有资格欣赏荷塘月色
蝴蝶与蓝蜻蜓落在荷花上
荷花却生在泥塘
但采其花勿取其泥
才能欣赏荷花闻到清香
于是就叫莲塘
烂泥塘里长出了荷花
于是就叫莲塘
人们常常被标签迷惑
换个叫法便迷失心向
我爱莲花
知道她不会生在陆地上
更不会长在石板上
她要么在泥里
要么在心上

2016 年 7 月 7 日有感

我和你

岁月燃尽了变成了烟灰
僧涯老了化成天边的云
你我的友谊如一根藤条
从崖顶挂到山根
那芬陀利花开了几遍
知道因果如流水相续
长眉过膝与智慧如泉是一种秘密
再次相约就会再次相遇
前世今生与今天明日一样不离不弃

2016 年 6 月 10 于昆明西山

读《空花佛事》

其一

《空花佛事》有缘由，
缕缕慧泉汇法流。
明悟聚散本来空，
风雨百衲八十秋。

其二

建寺血泪柒梁柱，
弘法魔军布剑树。

明知正春未曾至，
迎风敢占第一枝。

得到净慧上人法语汇编有感

老天恼了

是的，老天恼了
内分泌失调了
今夏它格外抑郁
黑云锁城
房檐石阶皆是瀑布
闪电的鞭子满天挥舞
吼声阵阵，脸色铁青
心头有太多怨忧

总是以泪洗面
溢满城池与河流
为什么
苍生无解
老天会有这么大的委曲
洞庭湖以及潘阳湖
肺气胀满
如漂枣叶一样的房舍
惊魂未定的众生

飓风十七级
好似恶龙搅局

面对旱涝不均
科学的昌明
哲学的思辩
宗教的道德
有解无解
再来一万个《天问》
还是无奈
邪念如淫雨般倾泻
贪欲如洪水般泛滥成灾

你我都知道
风和日丽现在是一种奢望
天人合一
不再是祖先的告示与悬语
以天为镜
照照自己
可能会幡然悔悟

2016 年 7 月 22 日

妙华题荷花

此荷只缘心中有，塘中芙蓉颜色无。
不染淤泥人皆赞，却忘池中清水荷。

画

空濛山水心中生，画树架桥任铺陈。
现实不曾逐人愿，走入画中吾独欣。

寓言诗

有一只大狸猫
咬着自己的尾巴
以为捉到大老鼠
在房间里欢喜了一夜
天亮了
才发现只是咬着自己的尾巴
压根没见到老鼠的影子
你会不会是这样子呢

有一只大黄猫
拉完便便

习惯性盖一盖
不管草地还是水泥地
其实很徒劳
它的臭味人所共知
你是不是这样呢

信佛可以
不要像大狸猫或大黄猫

宗教很理想
却植根于现实
学会面对
并透析苦难与痛苦
看清佛像后面的面孔
你才会恍然大悟
佛教是一面镜子
照见社会万象
照见自己的本来面目

2016 年 8 月 10 日

褪色的合影

万物在氧化
照片失去昔日的色彩

色彩是青春与理想
理想被时间消磨成黑白
黑白是珍藏在心中的底片
底片不再褪色

白的还原给白天
黑的还原给黑夜
眼仁也由黑色变成灰色
眼白也由白色变得混浊
失去华采的目光
把人事看成泡泡
把万物看成太极

其中有人走了
记忆变淡
照片变灰
什么也留不住
过去是现在的投影

2016 年 8 月 11 日见旧照有感

立秋

从这天起
秋风会撕去花花绿绿的包装

像农人剥莲子那样
把一夏的成色装进背篓里
收起闷气的蚊帐
让蚊子与蝴蝶象花叶一样零落
只留下果实挂在枝头
红灯笼一样喜人
透着汗水的光芒
从这天起
所有的虚荣都会被剥去
有就是有
没有就是没有
不一样就是不一样
包装、标签、口号
都会被太阳风卷走
蓝天如洗
目光如炬
秋光透亮
大雁把人字写在天上

从这天起
我也到了立秋之年
风中飘落几片黄叶
树胶似的老泪两行
神经的干枝伸向空中
青筋暴露如树根
紧紧抓住流失的土壤
从这天起

我抬头看天

望断南归雁

2016 年 8 月 15 日

我这样回答你

我不会因为听到兔子叫

就不种豆子

我妈说

兔子吃不了多少

我也不会怕遇到鬼

就不走夜路

我爸说

怕活人别怕鬼

我更不会因为怕狼

就不上山

我大哥说

出门带根棍

生活教会我生活

决不将命运交给别人

2016 年 8 月 15 日

题鸡冠花

烈烈红似火，
昂首朝天歌。
不惧秋风至，
岩畔洒热血。

荷

兴起屡屡画荷花，千姿百态洁无瑕。
更爱雨中含珠露，藉此禅心方表达。
秋菊寒霜喜隐逸，牡丹艳俗朱门家。
荷花自适池中泥，水廓柴门映朝霞。

镜面

我从宗教的镜面
照见了蚯蚓一样
曲曲折折的人生
以及众生的脸

把信仰当成绳子
把幸福与生死系在彼岸

把生活泊在海市蜃楼的港湾

摔碎的是宗教的镜子
看清的却是社会的脸

2016 年 8 月 27 日洗心基金会发放助学款记之

题棒锤山

一柱擎天呈人雄，
莫非天地真有情；
奈何风雨蚀岁月，
一腔豪迈负清风。
塞外清风爽身轻，
闲心漫步议乾隆。
登高远望绿无垠，
残垣帝宫有无中。

2016 年 9 月 7 日

截句二首

借着金风之手

撕去一年的伪装

只剩下一枚金果

挂在太阳下

等待有缘人的采摘

秋叶

我欣然接受秋叶的请柬

兴高采烈地走入冬天

那片洁白清寂

把禅师的心境平摊在目前

2016 年 9 月 12 日有感洗心禅寺大殿前的银杏黄了

丙申中秋截句

一

其实，这天的月亮

是西瓜霜含片

天地用唇齿含着

我能分享到它的清凉

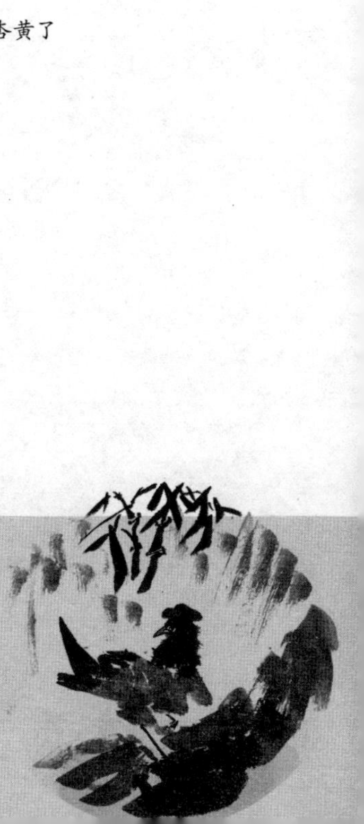

二

其实，这天的月亮
是张光盘
天地间注满秋虫的幽鸣
只是你我听不见

三

其实，这天的月亮
只是月亮
人们却用思念
把它弄得又亮又圆

2016 年 9 月 15 日

雨花石

“我是一枚小小的雨花石
深深的埋在泥土之中”
千年之后那高僧的故事
从黎明摇落晨星
点点似你我的泪
信念与思想织成的彩纹
斑斓得让人窒息

我是一枚小小的雨花石

深深的埋在泥土之中

沉重的叹息

凝结成五色

流星一般划过时空

落在你的心里

溅起层层涟漪

千年之后繁华落尽

你是一枚小小的雨花石

被谁珍藏在怀里

2016 年 9 月 23 日

截句：大雁

和尚们是南来北往的大雁

飞过长空从不留痕

袈裟会飘逝成天边的云

生命圆寂后成天上的星

2016 年 9 月 28 日

伤感的诗

春天去了
夏天也去了
秋天悄悄来了
热闹繁华不再引得蝶飞蜂舞
醉人的花香
与和风、心潮一起退去
露珠的明眸结成白霜
树枝上还有几片
没有被风撕掉的叶子
一年四季就这样老了吗
昨夜分明还梦见
流出口水笑出眼泪
春风中青春的花事

打着口哨的北风
把风铃摇个不停
像放焰口的和尚
一边摇铃
一边哼唱招魂曲
这无情的季节
不由自主的写了一首
伤感的诗

2016年9月29日

秋天靖港

踩着落叶踩着秋天

陪朋友走在石板街上

冷雨洒在身上

凄凉渗出心房

码头没有船

没有人需要摆渡

古寺没有香客

网上可以上香

商品与店面

所有古镇都一个模样

终觉得少了什么

又说不出来

踩着落叶踩着秋天

陪朋友走在石板街上

古镇，像一幅水墨画

挂在灰色的墙上

2016 年 9 月 30 日陪几位陕西居士去靖港

放生

罗列香花
陈设供果
笼中的桶里的袋装的
飞的游的爬的
在经咒声中
急急皈依
江河不是你的
山丘不是你的
大地不是你的
天空不是你的
当然也不是我的
所以请原谅
放不放由我
活不活由你
因为贪嗔痴三毒的
箭树与罗网
太多太厚太密
放生是一种无奈的叹息
与其说是放生
不如说是在放生自己

2016 年 10 月 1 日

独坐清秋

夕阳重竹影，
雨后草木轻。
独坐天井里，
品茗听虫鸣。

山幽寒兰茂，
沟深泉眼清。
六尘回光断，
灵明一念通。

2016 年 10 月 3 日

只有我知道

那沙沙飘落的红叶
是春天的请贴
怀春的少女
曾经把她当成爱情的书签
记得我也有过

那沙沙飘落的红叶
是夏天的辞职信
开过花结过果

又一个四季轮回
现在抖落名利的霜叶
伫立清爽的秋天里
记得我也有过

那咱们与冬天结婚吧
披上映白天地的婚纱
相拥在一起
什么都别想
什么都别说
那种幸福
只有我知道

2016 年 10 月 6 日

晨坐偶得

梦醒荷花落，
丹桂入窗香。
心空无所有，
冬夏任来往。

日沉巫山远，
月升辉洒床。
云雾锁山路，

定久心有光。

三十解脱途，
挥刀断尘网。
寂寂只问佛，
五十怀金刚。

盘腿人生短，
闭目日月长。
一声唵哑吽，
桂落荷又香。

2016 年 10 月 6 日

心花自菲芳

满庭丹桂香，
细雨山秋凉。
一泡铁观音，
禅乐清音长。
欲诗还作罢，
唯恐误时光。
乐处谁可予，
心花自菲芳。

2016 年 10 月 7 日

醉人的秋

好多诗情是秋风送来的
满山红叶不是吗
只是山醉了人也醉了
忘了写出来

好多诗意是秋光送来的
野菊簇簇金光灿灿
只是秋光醉了人也醉了
忘了写出来
还有浓香醉人的桂花
以及月辉洒在床前的思念
只是人醉了心也醉了
忘了写出来

你也款款步入秋天
秋风如诗
秋光如酒
心月高悬

我醉倒在你的秋里
竟写不出一首诗

2016 年 10 月 8 日

独酌

新秋丹桂泡绿茶，
小院蒲团独酌香。
慧泉淙淙无尽意，
可怜秋花引蝶忙。

墙根金竹四时绿，
殿前银杏不惧霜。
百年红尘掩口笑，
为僧端喜度重阳。

2016 年 10 月 9 日于重阳节

重阳顺口溜

其一

寒露联袂入重阳，
清风红叶菊花黄。
知秋之年境何如？
眼花皮皱脚底凉！

其二

透彻缘起与无为，
龙潭虎穴敢安身。

若问富贵作何意？
夫子告我若浮云！

其三

年龄不长心不长，
一份年龄一份心。
树老根多君莫笑，
只缘秋冬少水分！

2016 年 10 月 9 日

桂花落

冬夏孕育米粒花，
花香浮动满天涯。
花好月圆叹未止，
金风扫落遍地花。

人生亦如桂花树，
花落树在留绿枝。
花开富贵人所愿，
可惜花事难久时。

2016 年 10 月 12 日

海滨拾贝

一

如果将心放宽如大海
枕着涛声入眠
梦便是心海的浪花了
它们是一不是二

二

念头铺成的沙滩
没有留下一串脚印
时间上写不下名字
都被海浪擦去

三

没有人知道我在这儿住过
也没有人知道我在这说过
不来不去
亦如潮涨潮落

四

苍老的大海
一直在絮语
只是没有人听懂
浪花一朵朵

五

石老人在海里站多久了

没有人知道

这蜂巢一般的房子

哪个是你的家

2016 年 10 月 29 日在鲁商凯悦酒店讲《金刚经》，以记之

你消失成了墨点

昨天，金风还摇动红叶

蓝天白云飘飞

你带动一身清风

喜悦平添一份秋色

只一夜，分不清秋雨

还是冬雨

你便佝偻身体

遍地落叶

成了告别的通知

你什么都没有说

所有的僧人都一样

默默地收拾行囊

也不做最后的告别

在风雨中

走了

无人知晓

你去的地方

是春天还是冬天

反正，雨水中

你在江湖

消失成一个墨点

2016 年 11 月 8 日记人

妄情截句

一

妄情

只是一杯忘倒的茶水

所有众生如我落入

扑腾着翅膀

妄情

只是一杯忘倒的茶水

二

疑心

终于被时间截止

就像那猫离开镜子

如果听佛说

早不必惊慌的日子

三

如果认识命运

如认识黄豆

我想大家都不必辛苦

只是，命运更像

飘飘的气球

没有人对我说

我知道自己

2016 年 11 月 11 日

生命的红叶

妙华法师弘法文集预备会将于 2016 年 11 月 15 日在洗心禅寺举行纪事

如果，生命也是一片红叶

从枝头摇落

这瞬间的辞别

是一种精彩

因为来年的绿芽

会诠释哲理

花果

会将去秋的分别

写成诗

挂在枝头

读懂红叶

就像悟透佛经

得失、生灭、来去

都在众生海

名字叫：如如

2016 年 11 月 13 日

秋色

秋光画中留，禅心亮暮色。

山石瘦峰立，青云风扬波。

自作多情的恋人

你湖畔鹅黄的垂柳与红叶

让我误以为初春

大明湖的镜子里有山有水

我记得我来过但它无心

所以，我是大明湖

自作多情的恋人

2016 年 11 月 18 日到千佛山医院讲学，住大明湖畔维景饭店

云端

你总是坐在云端看我们
所以，没有几人听懂
虽然听不懂你依然如风耳语

如波涛澎湃的烦恼
似白云朵朵绽放成莲花的模样
你熙怡微笑看云卷云舒

日出日落生灭轮回
全被你看破说破
你通透如玻璃纸

有人祈求有人仰望
你端坐莲台不来不去

2016 年 11 月 19 日于遥墙机场

千佛山

千佛山是肉身不坏的千年老僧
闭眼观听大明湖的风声雨声
济南城变白变绿变黄变青
在哭笑中生长在四季中轮回

千佛山曾经有千佛与大佛

她们全都闭着眼睛

为什么为什么为什么

佛说：不为什么，一切皆是幻影

2016 年在济南机场写给弟子高松原

题罗汉图

我想

百年之后我会像你一样

在时空中定格

把灵魂钉在墙上

没有苦乐忧愁

也没有哀伤

我想

现在就学你的模样

想吃就吃

想睡就睡

已经了无牵挂

只是还没有老到您的模样

我只是提前给自己画像

2016 年 11 月 22 日

春天在哪里

其实春天并不在春天里
我亲眼见到很多花果
漂泊在春天的风雨里
春天在哪里
在人心里
寒冬腊月
我亲眼看见
孩子红扑扑的笑容
开在雪花飘飞的雪地里
我不把花儿供在佛前
我想让春花
驻在人们心里

2016 年 11 月 22 日

福安印象截句

江河瘦了
城市肥了
十年
只有老樟树
落寞岸边
千年

只有我将渡船

系在它下面

万年

2016年11月30日到12月4日在栖云古寺讲十六观经记

雪峰礼祖

雪峰剪影拥莲朵，
崇圣宝地一掌廓。
枯树庵前湖如镜，
万般辛苦换一坐。

但得一缕祖师意，
不负此生徒奔波。
谁会泥牛木马意，
名利生死皆抛却。

2016年12月10日

雪峰崇圣寺速写

八面山廓如莲花之瓣
崇圣寺在莲心中孕育
僧人们是苦心莲籽
可以清心明目
经声佛号的花香
香遍十方
溪水琴曲日夜弹奏
无弦琴谁会弹唱?
四围松竹都是无孔笛
谁会吹响
闽地雪峰
因义存禅师而有声名
枯木庵的传说
与禅心炭化成偶像
我的膜拜
是对日月的仰望
那四株柽柳
用空心将时间融化
如果将心澄清成
唐代的古井
我想
映照日月
凛冽甘甜决不是猜想
如果将心放下
如殿前石条四平八稳

以任风雨冲刷
我想入定决不是妄想
或者，站在罗汉台顶
看云卷云舒
阡陌只是一幅众生
四季的水粉画
变幻的色彩
从诉求的心中投放
我弘法修道的热情
再一次被你激活
我决定从今天起
像鱼潜入法海
像鹰滑翔在万米晴空
将险阻与罗网
踩在脚下
将雷声当成法鼓
将闪电当作法炬
将乌云化作莲花
从今天起
圣洁的雪峰
在我心中永不融化

2016 年 12 月 11 日

洗心禅寺禅七法偈

扶起破沙盘，

高举旧伞盖。

莲手捧热心，

不待法王来。

丙申三九

后院的茶花又开了

在雪夜绽放

硕大火红的惊讶

雪花飞舞

构思大胆

着色大胆的油画

今冬无雪

你还开吗

后院的茶花开了

无论冬天如何表态

茶花如期开花

丁酉年正月初六纪念

光头的秋天

在这个季节
天空是透明的
就算没有太阳

在这个季节
时间是金铸的
就算没有什么值得

在这个季节
走路不用手电
因为没有黑夜

醒着与睡着一样
一切故事都没有色彩

光头比灯泡还亮
照亮自己也照亮世界

2017 年 2 月 14 日

蝉蜕

在青春的照片里
穿着冬装的我
差点认不出
夏装的自己
丢了吧，这记忆
犹如秋风中
依然牢牢抓住枯枝的蝉蜕

2017 年 2 月 15 日

死在春天的网里

蜘蛛从来不知道
自己死在自己织的网里
它为自己找了上千条理由
从 A 点到 B 点
而且掏空了自己
我们是变异的蜘蛛吗
会不会死在春天的网里

2017 年 2 月 15 日会客有感

问僧

林薮中
明明灭灭的流萤

反观
地球也是流星
你我也是流萤
袈裟黄袍
光头如灯
愚痴、暴戾与刚强
违越了智慧与慈悲
山林洞穴殿堂金像
净化不了贪欲的心

凡所有相皆是虚妄
不再看袈裟与光头
而是
观心

包装不要
标签不要
只要一颗佛心
如流星划过
照亮夜空

落花

花开皆美好，花落是妙道。
开落两随缘，随缘即是道。

想起大海

想起大海
便看见那一轮火球
日日从海面跃起
镀金波涛
照亮山河大地
退去的潮水
擦去昨天的痕迹
渺小啊
在劫海中万物是沙粒
想起大海
便看见一轮火球
暮暮沉入海底
万物寂灭
只有那海潮音
鼓荡不息
在无尽的众生海
你是谁
要去哪里

我的灵魂像礁石伫立海边
追问漂浮在无垠大海中的自己
于是，落日仿佛悬着的心
于是，潮声仿佛深沉的叹息

2017 年 3 月 3 日

洗心香火

怀揣着冰
或者怀揣着火
也许，是平安的祈许
虔诚地跪下
把香火举过头顶
希望我佛接应

这是唯一
没有门坎
不收门票
清净　平等之地
袅袅青烟
是众生无言的叹息
善良的人们
用香火寄托生活的希冀

丁酉年二月初八有感

二月十九

二月十九
六月十九
九月十九
这是什么日子
四面八方
不约而同来到洗心禅寺
点亮长明灯
观音菩萨
这伟大神圣的名字
谁可以与您同日而语
九百六十万平方公里
三万多“洗心寺”
被风吹过
被雪埋过
被剥蚀过
被妖魔化过
观音菩萨的圣号
不曾被湮没
妙音观世音
梵音海潮音
胜彼世间音
是故须常念
观世音净圣
那是历经风浪
不曾破灭的航灯

如果你非要追问

谁是观音她在哪里

我就直言相告

她就是你

驻在你心里

被刀一样的念头割过

被针一样的想法刺过

被海水般的眼泪淹过

被雾霾般的心情覆过

不离不弃

与良心、善心、清净心

共驻在你心里

像月亮印在泉里

像金像供在堂里

所以，岂止三万个“洗心寺”

在这吉祥的日子

祝福你

2017 年 2 月 19 日

心不会老

岁月老了

心不会老

她属于她自己

在春天发芽

在夏天开花

今年如此
年年如此

像蝉脱掉旧装
明年又来

窃喜看透了自己
每天做一次 CT

心可以自由出入
不再蹲在牢里

像风穿过竹林
像雨凝成露滴

顺着霞光的彩线
幻化成一片美丽

岁月会老
心不会老
她属于她自己
像蝉一样
换件外衣
心属于自己

2017 年 3 月 23 日晨坐有感

再致弟子

为什么出家
初心很重要
就像洗心荷花
寒冬有多长
不理不问
污泥、冰寒封埋
六月还是荷花
年年如此
有根就有芽
有芽就有花

为什么道心不退
发心内证外化
路多远夜多长
不理不问不怕
为大法而生
为大法而死
法炬高举燃遍天涯

呵！弟子呀
逃避不是办法
隐匿不是佛法
金块不怕磨
也不怕炼
纯金更不怕埋在地下

面对它超越它
像玉像钢像荷花
不只是在念佛堂
不只是在禅堂
不仅仅在庙堂
面对名利得失
面对五欲心火
还能持心如海吗
如鹰一样的二心[1]
双翅齐展翱翔万里
可以上天入地
三明四智五眼六通
皆不可比拟
江湖钩网乱箭齐发
也碰不到你的羽翼
因为，一切都是
开悟成佛的助因

更何况如来藏心
如天空似大海纳须弥
信力愿力以及慧力
三力齐发可以顿超十地

注 1：出离心与菩提心如鸟之两翼。

2017 年 3 月 27 日

致海子

面朝大海春暖花开
浪漫的海子里
纯洁的浪花中
浓情如炭
注定灰飞烟灭

这人间
被情所温暖
又被情所害
尘世的雾霾中
怎会容下冰清玉洁

陶渊明的清高
李太白的逍遥
还有湘水边的《离骚》
扑灯蛾一样
一个一个扑向火苗

你为什么不会
面朝大海春暖花开
从今天起
喂马劈柴

2017 年 3 月 27 日

思考春天

既然树都发芽了
我也不必害怕衰老
因为千年银杏
是古寺的荣耀

满山遍野的花都开了
我也不惧怕死亡
花落还开
自由自在

活着更不怕风霜
松竹风采
不必我点赞
君子独爱

思考春天
心水荡漾
这首诗也开在春天
送你一缕春光

2017 年 3 月 26 日春光满园

本来什么都没有

所有记忆
都是炭笔速描的
可以擦掉
所有妄念
像雪花一样落下来
都会化掉

本来什么都没有
你想开就开了
莲花一样自在

2017 年 3 月 28 日晨坐有感

我只能用诗回答你

心地上
不种嘉禾便会长草
用力拔草
虽然勤劳，难免可笑
书架货架上没有正品
假冒伪劣的商品与信仰
自然投其所好
“伪善”的道学
“危险”的宗教

古老的哲学
还有洋腔洋调
我不懂也不想要
虽然我的木瓜脑袋
什么也不知道

“金链子铁链子
用处是一样的”
民谚真好
排队戴手铐
这风景
让智者哑然失笑
从思想的巨人
到行动的矮子
再从思想的矮子
到行动的巨人
古船啊！是什么让你
风雨飘摇

雾霾从你心中升起
挥之不去的
还有你眼中的云翳
如果我是你
我会再掏出自己的心肝
在洗心泉洗洗

2017 年 3 月 29 会客有感

洗心路边

洗心路边
有很多小黄花
她们在说
冬天过去我又来啦！

忘记那秋风中
无助的灵魂四处流浪
忘记那寒夜里
四周没有温暖的灯
把心蜇居在地下
在梦里盼着春回大地
三月三的惊雷

洗心路边
无数小黄花开在春天里
微笑着面对
四季轮回

2017 年 4 月 1 日春光明媚

回忆西藏之行

一

眼中那一帧帧
蓝天白云雪山草地的油画
叠加成雄鹰藏羚与南归雁
在梦里播放成
无梯的天堂
与有家不能回的牵挂

二

藏民三步一拜的虔诚
雪山般纯净
冰川般坚毅的身躯
在苍茫辽阔中
浓缩成一点
人顶着天
天贴着地
身影是长长的波折号
诠释活着的真谛

三

高原红与袈裟红
千万年不褪色
那是太阳与心灵的本色
收藏在三千米以上
经咒与悠扬的牧歌

也不曾走调

织成藏人不褪色的生活

四

怒江的琴匣里

七十二拐的琴弦

日夜弹响

浪涛雄浑的琴音

这种天籁

知音有几人

五

味蕾开花了

是逢到奶茶的春

在回忆中咋舌

在念想中流着口水

在西藏

我的味蕾遇到奶茶的春

2017 年 4 月 3 日

戏说诗一首（外一首）

我是天上的云

打湿你的衣裳

我本无心

您也不必在意

出家人

是天上飘过的云

绿衣裳

看到你的绿衣裳

我的眼仁也发芽了

这才晃然大悟

又是一春

2017 年 4 月 5 日

伫立夫子洞前

二十年前

夫子洞前

一个仰望的念头

伫立成圣殿前的松柏
生根并结籽

在荒山丘岗
默默守望
百年或者千年
将青山守望成秃岗
将沂水守望成河床
终于看到归雁南来
终于望见雾霾散开
然后，与百花一起笑开春天
一起与松柏泛青
在洙泗河边
品味“孔颜乐处”
以及“吾与点也”的乐境

梦中哑然失笑
夫子门前买圣经
其实，红花绿叶白莲藕的比喻
早已慧泉清沏
浪花朵朵水乳交融
我今到此
只是再次重现梦境

2017 年 4 月 10 日应赵法生教授邀请，赴尼山讲学

我像风

像风融化冰雪
像风吹开万紫千红
来去了无牵挂
大江南北都有风的萍踪

将有形化于无形
将无形寓于有形
塞外干风会变成云雨
江南阴雨会化成万里晴空

无求于万物
像风，连名都不要
转换四季日夜不停
每次都是不同的风景

我像风一样
掠过天空

2017 年 4 月 6 日乘高铁去枣庄甘泉寺

古柏吟

因为是日新苟日新日新又新
所以二十年前我来拜谒
你一片苍翠浸绿了我的诗心与道心
我无法忘记尼山与三孔的古柏

如果我伫立在此能像你千年不倒
我愿意是你的瘿子记忆所有历史风霜
并将时空拧成一条条龙形
来表现你对乾坤的注释与思想
并将青筋暴露在地表
表示在知行与三立的努力
至于是车轮还是重轭
利用但决不离开这片土地

我在此刻决定与你站在一起
活着千年不死死了千年不倒
倒下千年不朽朽了千年不烂
烂了千年不化化了万年不灭

二十年后激动于二十年前的相遇
你的种子落在了我青石板一样的心里
无论我是否常青有没有果实
在我心中我越来越像你

2017 年 4 月 14 日尼山讲学归来，意犹未尽

湘江颂（歌词）

清泉汇四水吔
四水满湘江嘞
浩浩荡荡北上
北上入长江

风帆鼓春风
春风渔歌扬
歌扬稻花香
花香百鸟唱

啊也嘞！
浩浩湘江北上
北上汇长江

一曲天问仰天歌
一朵莲花九州香
南岳松下谁悟道
岳麓山上闪金光

啊呀嘞！湘江呀湘江
深情款款载星月
胸襟荡荡泽四方
一曲渔歌唱不尽
湘江北去北去汇长江

2017 年 4 月 18 日

当今流行抑郁

你不快乐并不是看破
而是欲望与诱惑太多
雾霾无处不在
每个灵魂都在尘埃中摸索

在黑暗中思考黑暗
眼前是迷雾
心地是霜雪
把自己风干成腊肉
挂在秋天的枝头
或者象石头
在冰水里泡着

心水被烧干
神经被烧燃
当今流行抑郁
人们脸上挂着霜雪
多希望惊蛰一声炸雷
把麻木的心灵激活

在庙里庙外
我每天都会看到这样的脸
所有的道理就此打住
就念一句阿弥陀佛
是一剂无上妙伽陀药

2017 年 4 月 18 日写给我所见到的抑郁的人

独自乐

阅经禅露入法海，
摘蔬田园闻土香。
绿春四围鸟鸣翠，
一缕斜阳映僧窗。

莫道贫僧不事事，
实是无事可商量。
一念才起即照破，
花下笑看蜂蝶忙。

2017 年 4 月 19 日

再相逢

江湖再相逢，
鬓染霜雪，
未语泪朦胧。
狂风骤雨虽过，
落尽青春嫣红。
当年一腔热血，
欲化寒冰，
换来一块鸡血冻。
而今老脸纵横，

泪泉枯干，
笑看湘江浮萍。

千年银杏树老，
枝蔓尽去，
留下三五木瘿。
毒瘤也好，
纪年也好，
一道庙堂风景！
江湖再相逢，
袈裟依旧，
无语告诸君，
却道：还行！还行！

2017 年 4 月 24 日

偈答诸众问

一、出离心

师者以偈答，
学佛诸众问：
一经发心已，
烦扰皆不退。
犹如钢刃刀，
终在石上磨。

豆腐上磨刃，
世间皆取笑。
犹如掘深井，
甘甜从中出。
可与他人分，
自家未曾亏。
世间名与利，
乃至是非心。
犹如芭蕉聚，
虚幻皆非真。
佛以金玉言，
凡愚不入心。
人身灵与秀，
扰扰度一生。
犹如天上月，
乌云所蒙蔽。
故此离五欲，
修道第一津。

二、菩提心

菩提不可缺，
缺即堕于小。
凡心或小心，
耽著于路畔。
究竟不得脱，
何以到彼岸。
以如单翼鸟，
何以飞高远。

又如独轮车，
杂耍之所见。
二心不可失，
失即堕一边。
仁者当自观，
贤圣祖师鉴。

三、导师

经教与导师，
须知有法眼。
纵使入宝所，
喑哑无所见。
波波入宝刹，
拾砾以为乐。
以如酿酒人，
舍酒取糟糠。
最痴诸幻术，
以为如来法。
楞严如来藏，
方等与法华。
醍醐与甘露，
舍大乐小狭。
恰似小木舟，
不堪至海峡。
最愚诸众生，
名声以为皈。
浮想求佑护，

荣华以为夸。
以如丑女人，
垢头插莲花。
又如涂采油，
质中有虚假。

四、三学

三学如鼎立，
互补互依托。
心性自成就，
如花落结果。
不必求猎奇，
三教徒蹉跎。
戒法内外护，
定学清明澈。
慧性得显发，
相资复相托。
下至众生事，
中至二乘果。
上至佛菩萨，
乃至说因果。
若失增上学，
毕竟三界缚。

五、如来藏

应向性中悟，
如来藏证得。

得亦不为乐，
本具何惊悦。
万法皆幻有，
佛上何安佛？
最大之佛慢，
如雾阻解脱。
更莫以佛学，
如金贴杂木。
油水两不融，
究竟戏妄说。
金从矿中出，
炼金不炼矿。
世间聪明人，
踞矿以为金。
佛说悟不悟，
一如鱼在水。
文字立方便，
花落便有果。
如水起波浪，
水波性无别。
事物万大千，
如来藏幻现。
在人曰赖耶，
在法曰如如。
在物曰本体，
在教曰不二。
名相因境设，

名字因人异。
寂然如来藏，
不曾被实指。
儒家一贯之，
道家以道称。
佛家曰开悟，
西哲曰真理。
语穷处何意？
思尽处何理。
藏经所论述，
事理藏中发。
发亦未曾发，
灭亦未曾灭。
本来是如如，
何劳苦寻觅！

六、苦行者

习气之垢衣，
溪石漂槌洗。
众生之业习，
难因法衣净。
故此苦行者，
自古种种形。
雪山绝衣食，
终南住兽洞。
昆仑食药草，
深山绝踪迹。

乞讨复拜山，
筋骨皮肉连。
若有见闻者，
供养复赞叹。
末法物欲胜，
邪见如刀山。
发心苦修者，
为何不赞叹？
行者与观者，
心存中观见。
不为戒而戒，
不为苦而苦。
不诈现威仪，
亦不现稀奇。
勤苦以证道，
证到亦寂寂。
如月映入水，
南北各得之。
楞严所明喻，
佛性本如此。

七、劝修

山川风光美，
终究是客尘。
与心相比类，
粗浮笑煞人。
参学住山者，

莫以此住心。
佛寺是道场，
无场道何扬？
操持衣食住，
无钱不养道。
莫以此为业，
久住成俗人。
一如新净衣，
久储蒙尘霉。
更非名利场，
亦非山大王。
常摸头自问，
为何离尘网！
常夜半叩心，
皈依有增长？
拿他境界语，
枉然贴嘴上。
看破放下人，
不曾起念想！
念想不复有，
何来说堂堂？
俗见如雾霾，
名利似刀枪！
洋学三观来，
百年心徬徨！
文源尽枯干，
土壤尽流失。

身病如蝇起，
心病入膏肓。
污染三大类，
萦萦在身旁。
学修应加鞭！
莫待失人身！
人身实金贵，
以失劫难回！
千言与万语，
丹心赠诸君！

八、信心

信为通天桥，
亦为贤圣道。
信心无杂染，
全体方契入。
世间智所依，
语言及文字，
思维与逻辑。
犹如诸蛛网，
挂一漏全体。
西哲与科学，
方法与工具。
丛林苦寻索，
摸象过恒河。
轴心诸贤圣，
修为达性天。

人为感应器，
心为发射源。
观内知性命，
观外述宇宙。
不舍人为本，
人极环宇间。
纷繁离与合，
嚷嚷五百年。
东西至珠峰，
携手相与还。
华严诸境界，
楞严之极微。
如来本如如，
密严本不严。
昊日当空时，
迷雾自消散。
大同非理想，
极乐亦不远。
片云何遮日，
信心鼓风帆！

2017 年 4 月 26 日

雨初歇

雨初歇
云雾帷幕徐徐开
绿野堆绣
斜阳柔光
远风香满怀

雨洗彩鸟翠
婉转流光彩
盼望河东友人
恰好此时来

雨初歇
林梢轻纱慢慢解
袅袅层层
水墨晕染
画意漫四野

芒鞋步阶轻
黄袍拂云台
鸟瞰红尘茫茫
吟诗独徘徊

2017 年 4 月 28 日

再致凌霄花

凌霄花
在这个春天
爬了
绿了
香了
占领了我的后院
挂鞭炮
点灯笼
吹喇叭
俨然她的天下

与你们相比
我是榆木疙瘩
看经
打坐
品茶
躲在山坳里
慢慢
把万缘放下

默默
欣赏你们绿
静静
笑看你们花
春到夏

秋至冬

我不开花

我也不落叶

打坐

看经

就像榆木疙瘩

未曾向上爬

也不存在下架

如如

寂寂

一块榆木疙瘩

2017 年 4 月 28 日

文殊菩萨的生日

四月初四的清晨

一杯水，三支香

一颗虔诚的心

敬礼您文殊师利

昨夜我就光明满怀

因了您智慧的光芒

照破了五欲的彩泡

剪断了名利的脐带

我向外追逐的心

终于找自己

所以，半生坦如雪野

犹如夜航的灯塔

因恪守如磐石

没有沉溺并出离苦海

犹如路标

指引迷途的行者

不仅仅指明方向

还有信心与期待

我敬仰您并学习您

我象敲木鱼那样

叩击众生的脑袋

我像叩钟那样

惊醒众生的心

日日夜夜

希望破迷显悟

跳出三界六道的苦海

四月初四的清晨

三支香一杯水

我在您像前长长跪拜

心中没有祈求

此生，畅游在您的智慧之海

丁酉年季春四月初四

帝释网

电网路网
有形无形的网
谁在撒网
谁在收网
小鱼漏网
大鱼破网
我站在礁石上
看到海面上繁忙的景象

2017 年 4 月 29 日观《人民的名义》有感

见到，就不忍离去

胜日寻芳泗水滨的朱熹
诗中隐藏了多少心灵的秘密
他与孔子的神交与幽会
隐藏在这首诗里

拿着春风的请柬
我来到泗水之滨
被杨柳打湿的林泉
比江南水乡还勾魂

不相信在荒丘之地
不相信在黄河之滨
不相信在雾霾之下
泗水之泉如此清澈见底

千年不竭，如喷如泄
千年不污，如玉似珠
我醉了，醉了
沉醉在泗水之源的怀抱里

迷醉的不仅仅是我
还有乾隆以及太多的文人
水里青萍拂去心头多少尘埃
清泉洗去多少心念的雾霾

童眸一样纯净无邪的慧泉啊
镜子般照见一颗月亮一样的心
生于斯长于斯的夫子
慧泉一样滋润了齐鲁大地

相信人杰地灵不是神话
拍手呼喊泉水会喷出珍珠
四水之源，清澈如许
见到，就不忍离去

离去，也不会忘记
因为你的清透见底

因为你的喷波不息

因为你养育了圣人

2017 年 4 月 9 日与赵法生、林湘桐教授等人游泗水源

回游的鱼

没有腿

却要行千百里

没有羽翼

却要跃过绝壁

回游的鱼儿

我不如你

被故乡遗忘的我

只能在梦里寻找

云雾般缥渺的记忆

如果客死在他乡

漂泊的灵魂

真不知该安放哪里

回游的鱼儿

人不如你

故乡的召唤

是看不见的感应

就是遍体鳞伤
水变成咸泪
血染红岩石
也阻挡不了回游的鱼儿
年年成群结队
执着的信念与记忆

回游的鱼儿
人不如你，真不如你

2017 年 5 月 3 日

梦中说梦

河床是梦中的记忆
时而浑浊时而清澈
命运的鞭子如闪电
千万种痛倾泄如瀑

好在水是柔软的
在命运的河床中
激起千万朵浪花
但没有粉身碎骨

每滴露珠每条小溪

每条小河每条大江
都会将记忆刻在河床
水流去了但记忆没走

梦是我命运的河床
在岩石上在沙砾中
有前世今生的信息
我学会了站在岸上辩认

并将它们写成诗画成画
造句用笔都有几分诡异
别人不懂我这是为什么
因为半夜大家都未睡醒

2017 年 5 月 10 日

布谷又叫了

布谷鸟的叫声从天空掠过
几万年它就恪守着季节
叫播种叫收获
我忘了它是什么变的
只记得它会让自己吐血

布谷鸟的叫声从天空掠过

杏子与笑声从树上摇落
麦浪与热汗在炎阳下升腾
金色的记忆覆盖了黄土高坡

布谷鸟的叫声从天空掠过
从儿时就记得它这样叫着
使命如此从未改调
直至老去直至吐血

这么执着的鸟儿为什么
这么执着的鸟儿什么变的
大江南北都有它的叫声
客死他乡直至吐血

2017 年 5 月 11 日在洗心井坛听到布谷鸟叫，怦然心惊，记之

沿途风景

叫不上小村的名字
在岩畔上
被云雾擦得干干净净
我猜想不出
在这样的地方
活出怎样的心境
百年或许千年

远离尘嚣
被大山层层包围
被绿色常年浸泡
同游说这里
可以写诗画画
我想
在此
这一切纯属多余

2017 年 5 月 20 日一行十三人夜宿武隆

都江堰的沉思

雄美的画卷
壮丽的诗篇
两千年来多少人
仰望赞叹
荡气回肠
当智慧从纸上
跃入岷江
化成智慧之鱼
摆尾分流而上
于是，成都平原
瓜果成畦
稻花飘香

当天人合一
从经典走入福祉
于是宝瓶口便化祸为福
将聚宝盆放在
四川人的餐桌上
想想青铜峡
想想三门峡
钢筋水泥之下
高闸大坝之上
缺少了因势利导的思想
于是，沙石堆积的担忧
伴随着一个时代的狂想
虽然，二千年前的模范
就在眼前
为何治水治国总是走样
我三次在离堆留连徘徊
举目远望
欣赏这伟大的工程
解读这深邃的思想
一朵朵浪花
打湿了我的眼眶
一股股暖流
激荡着我的胸膛
都江堰啊
二千年不朽的艺术
五千年沉淀的思想

2017 年 5 月 22 日

李冰父子

你们在水上
写了本哲学专著
绝前空后
“砖家们”照搬
水平都不够
“深坑低堰”的水利思想
人文民本的精神
与岷江水一起
千年奔腾
在亿万人心坎
激起浪花朵朵
而你们却沉默成二王庙
任人们的敬畏
缭绕成香火
任江水日夜注入宝瓶
滋润天府之国
那是怎样的天人境界
那是怎样的光明磊落
后来人学东学西
为什么不到都江堰
学思你的水利哲学
被斗争冲昏头脑
被功利迷住双眼
读不懂太极图与道德经
因此，有钱的任性

与贪婪一起
冲破堤坝
五千年贤哲们
精心构筑的文化大厦
被冲得七零八落
以生命为代价的炎黄子孙
真该在都江堰的杰作中
感悟李冰父子
治心治国治水
致良知致中和的哲学

2017 年 5 月 22 日

四姑娘山

挂着白珍珠的璎珞，
怀抱杜鹃花的花篮，
美丽、大方、素雅，
云纱白雾半遮玉面。

亲爱的，爱你的人太多了，
只有将真爱化成风中的经幡。
亲爱的，追求你的人太多了，
只有将慈心化成清清水湾。

让风将祝福的经咒带向远方，
让红尘行者在水湾照见容颜。
让男人们挺立成雪线青松，
让女人们柔软成湖畔草滩。

我们也顶风冒雨来看你，
心身轻清如白云片片。
你的清新与自然，
和着清风细雨滋润我的心田。

来到就不忍离去，
离去也无法忘记。
所以，从此以后，
我把思念封存成万年冰川，
哈达一样挂在你的胸前！

2017 年 5 月 23 日于双沟镇

浪漫梦笔山

梦笔山梦幻般的名字
变化着五彩斑斓的浪漫
刚才还春花似锦
春雨绵绵
一幅无尽的画面

顷刻间，雪花片片
杜鹃花冒雪争艳
五彩经幡迎风招展
将六月了
还风雪交加
春冬日历
在此可以任意乱翻

一山有四季
十里不同天
梦笔山
与她的名字一样浪漫

2017 年 5 月 24 日

花落也美丽

那是绽放在雪山的雪莲
人们看到的是她的美丽
至于冬天
雪莲花会珍藏自己

那是自然开放的格桑花
一簇簇一层层绽放自己
至于冬天

高原的厚度会护着根

信仰中绽放的莲花儿
落瓣时莲籽已种入泥里
所以，花开花落
也是一样美丽

2017 年 5 月 25 日 16 时参观五明佛学院

天雨妙华

此刻
如果不写首诗
是对杜鹃花的犯罪
因为
太美
虽然诗情
因山花而烂漫
但只有你
我
太阳
才有这份迷醉
跨过千山万水
我才遇上你
并将诗心

存放在你的相片里

2017 年 5 月 28 日于黄龙

净坐

曲曲折折的人生路
走到今天
在拐角处
发现了你
清净、庄严
于是，祈祷你接纳
红尘仆仆的游子
给他片刻的喘息
并收藏好自己
不要被四季风
吹化
不要被红男绿女
泡染
像雪山庄严耸立
像池水沉净见底
像杜鹃花开放在山谷里
黄龙
不仅仅是风景
无论在雨季

还是旱季
她都在自己的境界里
美丽着一种美丽

舞动的哈达
黄河在这儿
是若尔盖舞动的哈达
冬天的皮靴子
踩绿了草原
锅庄舞把草原
当成舞台
于是，雪山抱着花湖
送来了夏天
羊群在天上飘
白云在地上跑
从雾霾中
从拥堵中
从计较中
城里人来了
若尔盖便成了
掀开的锅盖

2017 年 5 月 28 日

九寨截句

一

在你如镜的水面
每个人都会照见自己
只是他们
象信奉宗教那样
只见到色相
没有照见自己的心

二

这是水的交响乐
飞溅的乐符
摔碎了自我
才有了这
打湿人心灵的华章

三

五彩池、瀑布、溪流
都是岷山雪的化身
藏民敬畏神山
秀美才在这儿生根
我留连九寨沟
我更羡慕
有敬畏之心的人

四

为什么在深沟里

才蕴藏着大美

背诵了千万遍道德经

在九寨沟见到

多彩多姿的水

脑洞大开

耳目一新

真的，道不远人

2017 年 5 月 29 日端午前夕

看风景的人

在景区门口

大家都是旅人

是来看风景的人

只是

穿着不同的风衣

这本身就是一道风景

是画

也是诗

一张门票

风景好看

看人就不容易

2017 年 5 月 30 日

库峪逢隐士

夏雨连夜洗终南，
风雨溪声锁云烟。
偶遇岩畔隐修者，
竟日洞中心寂然。

终南自古修道地，
无数道人炼成仙。
红尘哲思枯脑肠，
可怜云雾二重天。

2017 年 6 月 1 日

若尔盖哲思

雪山草地游十天，
旖旎风光观无限。
遥想当年过绝地，
逢生端赖一志坚。

流沙缺氧并天险，
穷追困顿炊粮断。
心为法王实不虚，
人心乱时世道变。

2017 年 6 月 2 日

过秦岭

洞洞千里过秦岭，
云表绣出九芙蓉。
阅尽名山境如何？
唯有终南好潜龙！

山佬无心语惊人，
香鸟露溪念大经。
水分长黄远望眼，
是非曲直收心中。

2017 年 6 月 6 日回长沙

终南山紫阁峪感怀

大沟十四峪七二，
云雾飘渺水曲曲。
山民望眼欲穿石，
平川层楼立桑梓。
游人只叹风光美，
鸟兽归巢不离去。
一样风物二样心，
其中圩曲谁人知？

2017 年 6 月 4 日与汤彦居士一行看敬德塔，雾大不见

洗心莲开

寒风割冰横枝枯，
洗心莲花今又开。
清香皎洁美如故，
疑是高僧乘愿来。

百岁名利谁留住，
千年莲花照样开。
观莲悟道凭慧性，
清凉池中悟不二！

2017 年 6 月 7 日

从川藏归来，见洗心莲开而作

五十八感怀

佛经增慧岁增心，
方等悟入不二门。
故土名山皆是幻，
唯向净土托此身。

俗情如雾遮望眼，
山门似水洗僧心。
道是至亲人不识，

凭借佛言结良因。

安得一日越万年，
无喜无忧亦无心。
看破放下得自在，
无牵无挂无光阴。

随缘当下即圆满，
中道即是平常人。
乘风破浪入法海，
雪塬不落丹阳心。

2017 年 6 月 7 日

黑茶的思绪

在芙蓉山或白沙溪
你悦纳了日月光华
以及，那里的露珠与汗水
还有，冰碛岩的丰富与红土地的热情
这一切，你都默默蕴在心里
在搓揉、碾压
窝堆之后，你变化了自己

在山路一样崎岖的故事里

在山花一样烂漫的歌声里
在眼泪一样的雨水里
在焰阳一样的思念里
你酝酿发酵自己
终于，像群星一样闪烁
无数金花
像秋实一样证明自己
那透明纯净的汤色
把人生的禅意诗意写尽
在孩子的笑声里
在老人的惬意中
在诗人的赞叹里
在僧人的静谧中
不同的人因你
品味了自己

唔！把自己当一款黑茶吧
这样的人生也蛮有意义

2017 年 6 月 11 日感谢小小茶工的好茶和给我的启发

禅坐有感

盘腿乾坤寂，
息心绝尘音。

鸟鸣山更幽，
泉声歇行人。

山高松竹翠，
岩危鹰隼飞。
踞坐五台上，
默然契禅心。

2017 年 6 月 19 日

井坛独坐偶得

淫雨涨四江，
阡陌迷雾障。
禅寺香火绝，
泉流昼夜响。

心水澄映月，
人事断浮想。
身似湘水萍，
无根寄他乡。

懒说空无义，
杯茶晃灵光。
闭门闲看书，

起卧梦短长。

实在无所求，
阴晴好风光。
一日越千年，
内外和风畅！

2017 年 6 月 27 日

你知道你是莲花吗

在泥塘里
蛰伏一冬
仲夏，你又开花啦
莲花知道自己是莲花吗
如果你不知道
为什么开出如此娇美的花
引得尘世男女
浮想联翩
在风雨中你又
一瓣一瓣落下
像诗人，撕碎诗稿
露出莲心
结成莲子
藏在地下

潜伏生命

来世开花

莲花是一个人的命运

她不说自己是莲花

2017 年 6 月 27 日

观莲

碧盘托玉露，

晶莹不沾尘。

来往诸学人，

何不悟此心。

花中最高洁，

亭亭出淤泥。

来赏此花者，

当处大乘心！

2017 年 6 月 27 雨后天晴

忆大悟堂

鸟鸣花雨落，
泉声自空音。
山深茅蓬远，
岭高浮白云。
庵后风摇树，
晨露净纤尘。
梦中屡问道，
闻声不见人。

2017 年 6 月 29 日

泡在水里的三湘

这半月淫雨
把三湘四水泡满
房子车子
如漂枣叶
站在江边
望着黄黄荡荡的江水
只能扼腕长叹
讲风水的寺观
在如幕如瀑的狂洗中
也跨了靠山

老天爷内分泌失调
抑郁、狂燥、抱怨
在人定胜天
与天人合一的迷乱中
谁人可以给出
决定的答案？

2017 年 7 月 2 日

在塞外

在塞外
可以把心
像白云那样挂在天边
让血管蜿蜒成黄河
从从容容
在草原的胸膛流过

在塞外
可以像风那样打着口哨
在沙漠流浪
或者像骆驼那样
在天外昂首阔步

在塞外

可以把星星擦的铮亮
镶嵌在自家的屋顶
每个星星
都可以是北斗

在这样的背景下
一直保持沉默
也决不流泪
因为在塞外
理想是现实的餐巾纸

2017 年 7 月 4 日于宁夏中卫瑞应寺

咏猫

天生多情种，
觅郎声撕宵。
敢问五通人，
何业致皮毛？

同是猫科类，
山林惊虎啸！
品性各不同，
智者说分晓？

人有千种面，
心性异渺渺。
同类不同性，
根由谁知道！

养猫能识人，
五性[1]是法要。
知猫再养猫，
彼此有诀窍！

注1：五性：嫌贫爱富、多情、爱干净、嘴馋、贪睡。此五者，猫之性耳

2017年7月1日下午2点40分洗心禅寺后院滑坡，中午11点饭时老猫小猫五六个全部跑走。故以诗记之

德令哈记住了海子

这沙漠中的城市
竟然记住了海子
那孤独的飘泊的灵魂
终于系上了绳子
终于在人生苦海边
有了一所房子
喂马、劈柴、祝福
在春暖花开时节
面朝大海

写自由的诗
狂人或者疯子
在神圣与世俗之间
在纯洁与圆滑之间
有太多的说词
好多人不知道
这座城市的名字
但知道你
于是，你像雪山
伫立在不远处
你的诗像云像水像树
美化了
灵秀了
绿化了
这座城市
这舞台够大了
好多人在朗诵你的诗

2017 年 7 月 19 日

丹霞风光

亿万造化出神秀，
炭火未烬丹峰留。
风雨剥蚀成妙品，
天风拂衣我独收。

里耶古城

穿过乌龙山大峡谷
我找到里耶古镇
爬在井口
也无法窥探到
“学富五车
书通二酉”的文化
有多深
只在竹简木椟上
捉到一两只“虫文”
爬出秦人的虫洞
诡异的嘲笑我们

被水淹过
被火烤过
古镇像老烟叶
依然有味
把故事从
秦时明月汉时关
讲到互联网上
我也只是听听故事
还是不知道
谁在讲故事
讲故事的
是谁

2017 年 7 月 29 日助学走访时，与石局长、向局长、
黄居士、王老师等随路参观了里耶古城

咏芙蓉镇

玉瀑飞流溅楼台，金花争艳次第开。
清风款款撩僧衣，临岩飘飘诗满怀。
人生几多蹉跎事，美景常在无意来。
今到古镇夜垂幕，疑似梦游到天街！

立秋忆卧佛寺

挂单京华年十五，
春秋醉心卧佛寺。
野花自美绿坡地，
春光一时是一时。

泉水漱石松竹伴，
随摘红叶打油诗。
卧佛无心香火旺，
红男绿女任来去。

2017 年 8 月 12 日梦游北京西山卧佛寺

无题

趁着夜色
借着秋风与星光
梦的无人机
偷拍了一帧帧记忆

硕大的城池
庄严的宫殿
在八公里的鸟瞰下
都微不足道
更何况蚂蚁

谁这么神奇
给人安了梦的软件
让人自我释放
自我解读
自我消弥

我经常爬在梦的井口
照照自己
或趁着夜色
放飞梦的无人机

2017 年 8 月 12 日

茅蓬

这就是大都市吗？
形形色色的水泥笼子，
还有
站台上焦虑的神情
以及
路边急火火的身影
在这一刻
我窃喜
被飞奔的列车
落下
在城乡结合部
绿风吹开心花
荷叶上的露珠
与日月一样晶莹
还有那不慌不忙的人
幸福得不要不要的
日子像鸡毛一样轻松
榕树下
香茶招来的蜻蜓
扇翅的蝴蝶
与芭蕉扇一起
在夏风中舞动

噢，办完事
我就走，逃离北京

像当年一样
在城乡结合部
搭个茅蓬

2017年8月22日到北京商谈《照见》《洗心开示录上下册》《闭着眼睛看什么》的出版事宜，入京有感

空空的四季

秋天
叶子
黄了
红了
落了
果子也落了
诗意也会落
梦也皆落了
谁能告诉我
还剩下什么

冬天轮回了秋天
春天轮回了冬天
在念珠一样的因果里
有人在用空空的网
捕捉四季

你我只是它的浮标而已

2017 年农历七月十五

七月桂花开

桂花香秋梦，
闰月人自惑？
五仁未曾来，
赏月又如何？

非是月不圆，
亦非花蹉跎！
道法本如是，
迷人自造作！

2017 年 9 月 11 日乘高铁去绍兴，拜谒阳明故居

访子陵钓鱼台

钓台高峙低垂纶，
引线皇鱼来清溪。
道冠儒袍羊皮袄，

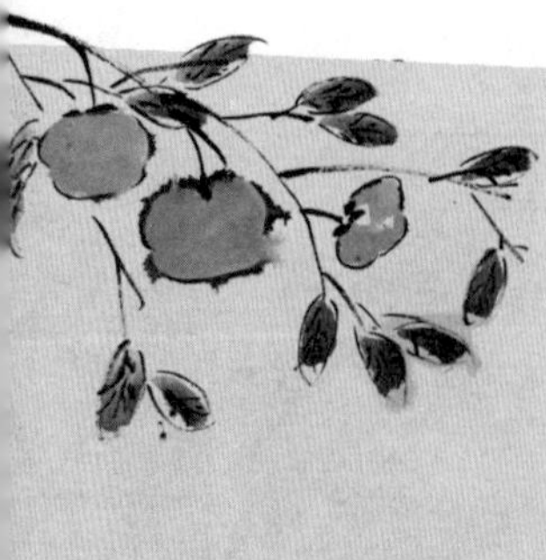

淡忘功名有玄机。
云山苍苍水茫茫，
古碑森森沉江底。
如织游人来去去，
对面不识犯猜疑！

2017 年 9 月 12 日于桐庐富春江严子陵钓鱼台

夜宿且停居农家

岩石磊磊茆坪村，
几株古樟石桥荫。
胡家祠堂客舍旧，
路网无碍农家新。
一枝清香对面坐，
听经会上泉洗心。
人生几回得清净，
抽得凡身入古村。

2017 年 9 月 13 日
夜宿茆坪且停居农家，与卢行者晨坐

参观天台山隋朝古寺

隋梅唐樟名士碑，
几多人事随风尘。
到此未见水西流，
只剩他年一通碑。

新苔生时旧苔落，
眨眼古寺换新人。
手把龙头踩云过，
不沾佛门一点泥。

2017 年 9 月 14 日与卢行者一行七人参观国清寺

题天台石梁寺

危岩筑伽蓝，
可怜玲珑心。
瀑布日夜注，
长舌宣妙音。
松竹绿四野，
云雾绕六围。
清福谁人享，
竟日掩门扉。

2017 年 9 月 15 日

琼台

台风挟雨海空来，
琼峡千嶂龙冲开。
雨中山景千层幕，
水墨扑面诗满怀！
石筑古堡不知年，
仙家炼丹择东海。
朱熹题壁醒世言，
道源原来在琼台！

2017 年 9 月 15 日雨中游琼台

夜宿佛岭村品茶

溪流秋虫和天籁，
高台凉风岩茶浓。
四面修竹围夜色，
偶尔两处犬吠声。

鸭栖庭院恋花树，
一缕芬芳草丛中。
今夜定当合好梦，
一尊大佛卧崇岭。

2017 年 9 月 19 日一行四人宿武夷山崇安区佛岭村

再游武夷山

危岩千障迎面立，
鱼翔浅底深潭壁。
镜面竹筏轻滑过，
茶垅犹如登天梯。

岩居岩茶天心寺，
人文荟萃数武夷。
更有朱子挽狂澜，
理学开创新天地。

四游武夷心不厌，
一杯正岩引诗心。
会得此生得意处，
收尽山水知古今。

2017 年 9 月 17 日黄圣亮陪我一行五人再游武夷山

咏紫阳书院[1]

人欲天理本不二，
书生为何却自欺？
学达性天功夫深，
岩上丽祠泄天机。

两岸松竹四时绿，
游筏如龙闹九溪。
遍寻院门皆不是，
一堵土墙是遗迹。

注 1：紫阳书院旧址山上有丽娘祠，故事与朱熹有关

2017 年 9 月 17 日与黄圣亮、悟博、心住、杨总游武夷精舍

有这样一群人

不是茶农
却嗜茶如命
不是道人
却喜欢山林的清净
于是
租赁茶地与农舍
自己把自己
下放劳动
像陶渊明
草盛豆苗稀
戴月荷锄归
诗意的生活
漏出人生的苦逼
所以
茶人、诗人、禅人

不能玩迷玩丢了自己
躲在山里的
未必是清澈的道人
出家的
未必是看破的人
而茶人
是入世与出世的板桥
可以在此岸与彼岸
来回走动
新茶农
是一种人群中的
新品种
在武夷山黄柏村
层层叠叠的茶园
翻修一新的农舍
戴眼镜穿布衣的茶农
把禅茶禅艺与人生
揉捻、杀青

2017 年 9 月 18 日中午于黄柏村

观瀑忆事

临崖撒珍珠，
落潭静碧玉。
经年深谷中，
穿石复开渠。

观水悟妙道，
动静本一如。
何必择出入，
寒暑见功夫。

2017 年 9 月 16 日在天台山上方广观瀑有感

1995 年前后传印法师曾在此住山，后被请往东林寺住持，复出任会长云云

悼胡遂教授

法筵未散香炉冷，
音韵在耳英伦行。
不曾料，
花果一夜付秋风。

人嫉英才尚可解，
天妒英才理难容。
泪如海，

何挽孤影彼岸行。

一首悲歌仰天啸，
善恶生死何不公？
去去来，
换件新衣沐春风！

再来讲席忆旧事，
谈笑人生不是梦。
不来去，
云在青天水在瓶！

2017 年 9 月 18 日

武夷山行吟

坐在竹筏上
欣赏九曲溪
这副丹山碧水的画卷
真的不知道
从何处落笔
这是一首山歌
或沉淀或高亢或舒缓
音质音色音域
倒映在清澈的明眸里

古寺石刻

写尽僧道

与文人的寄托与惬意

……

如果我来生是鱼

我一定托生在你的水里

如果来生是棵茶树

我愿意长在你的岩石里

如果是鸟

我五彩的羽毛

婉转的鸣叫

终生歌唱你的美丽

现在，我只是你的漂客

已经陶醉在你的怀里

2017 年 9 月 20 日

参观古堡有感

香槟酒与眼泪

调和出鸡尾酒

那味道

只有古堡的主人知道

当众人散去

当人世风霜

驱赶走蜂王
初冬的暖阳下
只有蜂窝般的精美
主人的故事
与解说词好美
但是，只是一杯苦咖啡
任人品味

2017 年 10 月 1 日

别人家的院子

主人，请原谅
一个云游的和尚
经过你的院子
窥见了泄露的春光
绿草地是你的心情吗
鲜花是你的笑脸吗
晨光是你的希望吗
你房前开放的小花园
让我欣赏了你
多希望所有人
都能像你
有一块小小的
开着花儿的绿草地

2017 年 10 月 1 日

尼亚加拉大瀑布前的哲思

闭上眼睛
你是雄浑的交响乐
千百年来奏的是什么歌
谁知道
为什么这么震撼魂魄
睡梦中
浪潮澎湃
银花朵朵
为什么
五色人种在你面前
脸上都洋溢着欢乐
赞美你呀
我自然想到了黄河
以及醒来的祖国
伟大的母亲河
日夜在我心坎流过
远走千里万里
我们的脸上都写着黄色

啊！所有的河流
都有一种爱的情怀
叫滋物无声
所有的河流
都各有各的姿态
最终汇入大海

所有的河流
都有源头
清新的源头
可能只是一滴泉露
所有的水
都有一种力
滴水穿石
改变自己
多少圣哲
用水洗涤心灵
多少圣哲
在水中照见自己

我想成为一条河流
河流两岸都是美好的景色
让万物都得到滋养
我只是款款流过

2017 年 10 月 2 日于加拿大湛山精舍

致性空长老

湛山亲睹耆宿面，
尊重东海若泰山。
拓荒度众茹苦辛，

一钵一纳践宏愿。

加国凭此点禅灯，
法炬高擎五十年。
善根长成菩提树，
妙果红叶尚满天。

2017 年 10 月 1 日在加拿大湛山精舍讲开示，性空长老来扶座

致达义方丈

安顿加行结法缘，
因缘早有一脉牵。
更有同愿宏佛道，
不惧乱流与险滩。

香花迎送重法要，
添油加薪欲拓展。
不为自己求安乐，
难忍众生苦无边！

2017 年 10 月 1 日加国湛山精舍得知贫僧来多伦多大学讲学，
迎接并安排食宿与开示

多伦多中秋

年年岁岁月圆，
银辉惹乡思。
今晚客栖多伦多，
不在一时。

欲将新诗电邮，
恐扰人团聚。
清秋独对明月照，
却在今日。

2017 年 10 月 5 日夜半在多伦多收到中秋问候有感

向往

旅友
让我用秋天的目光
剪下一片红叶
贴在你的胸膛
温暖你的心房

并且
让秋光像血液一样流淌

2017 年 10 月 5 日写于去阿岗昆的路上

渥太华的早晨

吸吮着北美秋意的清凉，
身披一缕渥太华的朝阳；
出门了，
就把心交给远方，
风景都在路上

闻一闻心上枫叶红了的味道，
远度重洋照见儿时的天高云淡，
在路上，
快将思绪装进行囊，
目光才是美美的导航

2017 年 10 月 5 日于阿岗昆去渥太华的路上

燃烧的秋林

仿佛千万火炬
燃烧的秋林
我的诗情也被点燃
经过风霜
才知道红叶最美

走过漫长的季节

以及滴翠的雨季
像红叶一样
燃烧
不怕被寒风撕裂
不怕漂零
打着红旗
飘飘
走进无垠的洁白
涅槃寂静
无痕

2017年10月6日从阿岗昆回来

阿岗昆秋天的丹青

一片片湖镜中
都映照着醉秋的脸
红彤彤的火树
烧红了天
五色人种
三三两两
停停站站
欣赏这秋天的醉汉
迎面扑来
热烈胸怀

率真的一丝不苟
透明得自在潇洒
绿的
黄的
红的
绽放在理性的岩石上
多元而不噪杂
兰天上没有雾霾
不必擦拭
湖中没有罗网
不必惊怕
和着人的心律
春夏秋冬如期而至
花如秋叶
秋叶如花
百里秋天的阿岗昆
任尔酣畅如饮红酒一样吟诗
任尔如中国画一样泼墨挥洒
百里阿岗昆红叶醉人
不眨眼不疲倦
更不想回家
多想变成一束红叶
与阿岗昆一起映红天涯

2017 年 10 月 6 日

班芙小镇

住在班芙小镇
不用修禅
就可以清心
因为入定了亿万年的雪山
依然在定中洁白
星移斗转
云起云落
天湖依旧湛然清寂
如果我是
一株长在这里的白桦树
我也可以敞开自己
与黄绿融在一起
醒来，终于明白
纬度设计了风景的未来
风景，不仅仅是那一片红叶

2017 年 10 月 8 日

这么远我来看你

这么远我来看你
冲破迷雾过关跨域
绕过大半个地球

才投入你的怀抱里
想想，真的不容易

今天，我就要走了
你还是你
我还是我
但是，我要告诉你
我爱你其实是爱我自己
我欣赏你
其实是欣赏自己

我把你的山你的湖
全都顿悟在我心里

2017 年 10 月 9 日

徜徉在洛基山间的云

你就是蓝天下
洁白硕大的莲花
如蜂似蝶的游人
留恋在你的花蕊

星罗棋布的湖泊
是你丰硕的莲籽

梦莲湖的爱情
打湿了有缘人的心

彩蝶吮吸着花露
不顾雪花沾湿衣襟
蜓蜓落在花瓣
用振翅展示自由的灵魂

洛基山的神性
不仅仅在于雄伟圣洁
多元、包容、开放
花草都有活着的意义

我们是徜徉在洛基山间的云
没有人问你来自哪里
此山因了我们升起五彩祥云
因了我们云集山峦更加妩媚

我们是徜徉山洛基山间的云
因为了无牵挂忘了自己

2017 年 10 月 9 日于洛基山班芙小镇

梦莲湖

刺破青天寒光剑，
曾经热血化碧潭。
隔岸青松春常在，
谁着婚纱照镜面。

奉献彩宝页岩中，
殷勤琢磨定情钻。
更许海枯心如铁，
平添梦湖多浪漫！

2017 年 10 月 9 日游梦莲湖

致大瀑布

我从书本的概念中
跳进你的怀里
就像从现实进入梦里
真不敢相信
千万里终于见到了你
不虚此行呵
你的激情与壮丽
让我忘了自己

朦胧的双眼迷离
湿了衣襟
脸颊挂着泪滴
心中充满笑意
听着你的轰鸣
看着你一泄千里

我与你一样
满怀激情
因为季节
我把它压抑在心底
像枯木与岩石
静静地躺在森林里
没有呼吸

从今以后
如果遇到绝壁
我一定像你
展现生命的壮丽
激情澎湃
把你的启迪
注入生命的血液里

2017 年 10 月 11 日写于从渥太华至广州的飞机上

切着北极圈飞过

飞机切着北极圈飞过
我从弦窗望见了地球的处男地
没有云没有鸟没有脚印
只是一片洁白
湖泊的蓝眼睛看着蓝天
蓝天下是雪山闪着银辉
亘古沉寂
大美之美

2017 年 11 月 12 日

无题

亿万年伫立在寒风中
白雪皑皑
岩石裸露
这是一种壮丽
花叶落尽
极目千里
这是一种本真
而今人们缺失的
在班芙可以找回

2017 年 10 月 9 日

就是这样

一

花儿被秋风吹落了
蝴蝶与落叶纷飞
偶尔还开着的
翩翩飞舞也是一种徘徊

二

老眼昏花
其实是为保护自己
拉开与世界的距离
老花镜是一种经验
看清想要的

三

秋天舍下的
是春天要来的
不要悲秋
花会开，蝴蝶到时也会来

四

睁眼的在做梦
闭眼的最清醒
秋天没有梦
它要在春天来到之前
把床打扫干净

2017 年 10 月 14 日

叩问岁月

曾经的青春

热烈而繁华

像蜻蜓

可以落在任意的地方

飞过四季

热情消解成冷雨

挟着

纷纷的雪花

捂着渐凉的胸口

轻松的叩问

夏天去了哪里

挂在

黄叶上的两行露水

不久会变成冰

不再解释

也没有人读懂

像木桩

独自立在风中

2017 年 10 月 14 日

秋天的哲思

一

花都落了

在秋风中

红叶被人们当成了花

二

风就是风

从来没有冷暖

寒风凛冽

是因为太阳离我们太远

三

秋冬是一种状态

人生到了这个季节

繁华落尽

只有真实

四

什么都可以造假

而岁月不行

今年你与树

都老了

五

秋愁是一种自恋

因为四季交替

是道的无知

2017 年 10 月 21 日

银杏树下好参禅

只用满树金子般的叶子
就炫谢了百花
只用千年不朽的树干
就惊呆了权贵
更不必说
那累累银果
自然落下
敲响谁的心门

悟道未必菩提树
银杏树下好参禅
在银杏树下
说禅
其实
是黄叶止小儿啼

2017 年 11 月 25 日在终南山观音禅寺会讲“禅与当代社会”，以记之

我走进你的风景里

你感动我了
在我清冷的眼里
荡起了涟漪

从花桥走过
翻过重重山峦
双脚把执着印在泥路上
双眸闪着希冀与灵气
走出大山
走出自己
从普洱茶到房地产
炒红了天
烧翻了地
而你
背着画板
坚定地走在侗家人的情愫里
默默撒网
收获心湖星光
与侗寨、花桥、侗楼
一起伫立在风雨中
恪守千年乡邦

你的执着与恪守
打湿了我的眼睛
我沿着你的画路

走进了你的风光

2017 年 10 月 21 日观杨代喜油画有感

热茗香（歌词）

神州多珍肴
最美冠茶香
眼望绿云绕丘阜
近看细雨嫩芽黄
千种万种谁享尽
茶海任徜徉

一杯敬师友
二杯献堂上
三杯闭目细品啄
神游山水醉茶乡
谁道人间无量苦
回甘禅味长

列国尝百味
天堂饮琼浆
笙箫吹落西江月
不及中华热茗香
不是禅客夸海口

杯中明月光

2017 年 10 月 27 日

自嘲

终南银杏根醴泉，
阅尽枯荣千百年。
药果累累金满地，
谁敢开口谈狂禅？

一片黄叶止儿啼，
为度众生巧立言！
冰面舞蹈几人会？
几个书生学鸣蝉！

2017 年 10 月 25 日

我知道

我知道
你的手印
代表生命的春天

那芬芳很少有人闻到
你的咒语
是海中泛起的浪花
但是很少有人看懂她
像猜谜一样
找不到答案
让人着迷
已经猜到了

2017 年 11 月 10 日

梦

经书与寺庙
都化为灰烬

老和尚却将玛尼堆
摆在冰箱上

我心中大惊
眼前一亮

风景如画
无限风光

2017 年 11 月 10 日

佛门像是驿站

佛门像是驿站
那些长途跋涉的灵魂
累了，在这住一晚
明天，继续向前
或者，眼前有雾
等等日出
看清方向
再驰出港湾
梳理羽毛
擦干眼泪

或者，一切随缘
佛门，是灵魂的栖所
心灵的港湾
来了多少
去了多少
像云飘过
像流星划落
像浮萍绿过
像枫叶红过
而那山不曾移过
山门不曾改过
百年后会有人说
看，大雁飞过
也不会有人说

老僧来过

2017 年 11 月 12 日

咏砚台

毛笔秃了
纸也烂了
墨也干了
砚台成了文人的墓碑
冰凉得没有表情
字迹模糊
得失宠辱已经不好辩认

“金不换”这么好听的名字
也没有谁再叫了
躺在角落
像是一声叹息
一任芬芳散尽

数字化智能化与键盘时代
把历史甩得好远
砚台，拖着尾巴
恪守着另一种文化

2017 年 11 月 14 日

悬棺

生命之船
在风雨中
漂到这儿停止
像交响乐的休止符
你是谁
又是谁将你放在石逢
亿万双眼睛猜过
仰望山岩
漂过九曲溪的美景

所有的答案
都是故事
古人也不知道答案
所以才将生死悬置

2017 年 11 月 14 日

咏玉华洞

云锁玉华亿万年，
汉唐高士探洞天。
骚客接踵咏不尽，
霞客忘我栖山庵。

琳琅珠宝百千态，
泉眼冷冷灌梯田。
心闲庭广入地藏，
避世何必桃花园。

2017 年 11 月 17 日

不负此生

前生缘定佛门人，
一袭袈裟千山云。
乌纱显耀金不换，
独爱岩下听泉音。

才饮潇湘千两茶，
又食闽南冬笋新。
论道妙处含饴笑，
不负此生度迷津！

2017 年 11 月 19 日

洗心问禅

从来打鼓弄琵琶，须是相逢两会家。
及至一场歌舞罢，门前依旧夕阳斜！

——妙华法师祝《问禅》成功举行，引法偈一首

琵琶声韵震青霄，宫商不犯自逍遥，
捡起虚空一瓦片，打翻西江起波涛！

——李艾峻和妙华法师

感梦

多梦京华羞与言，
魂魄不安愿未满。
经论果腹自消弭，
心清命浊何所缘？

寄情山水处处乐，
衣食无忧人中仙。
欲献此身为众生，
始信娑婆两随缘！

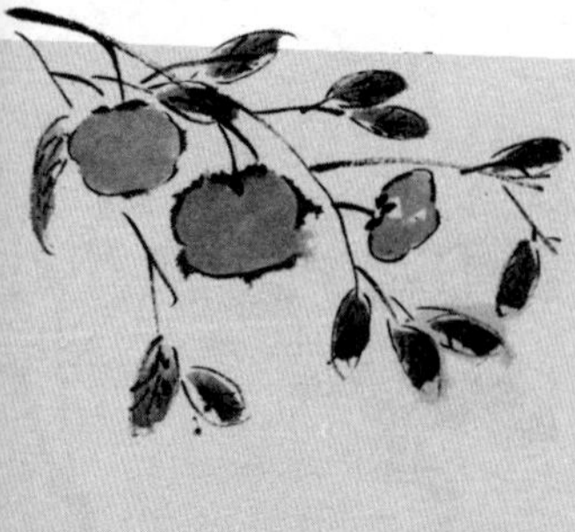

2017 年 11 月 21 日